Ellen Barksdale

Tee? Kaffee? Mord! – Ein Mörder steht im Walde

Tee? Kaffee? Mord! – Die Serie

Davon stand nichts im Testament …

Cottages, englische Rosen und sanft geschwungene Hügel: das ist Earlsraven. Mittendrin: das »Black Feather«. Dieses gemütliche Café erbt die junge Nathalie Ames völlig unerwartet von ihrer Tante – und deren geheimes Doppelleben gleich mit! Die hat nämlich Kriminalfälle gelöst, zusammen mit ihrer Köchin Louise, einer ehemaligen Agentin der britischen Krone. Und während Nathalie noch dabei ist, mit den skurrilen Dorfbewohnern warmzuwerden, stellt sie fest: Der Spürsinn liegt in der Familie …

Über die Autorin

Geboren wurde Ellen Barksdale im englischen Seebad Brighton, wo ihre Eltern eine kleine Pension betrieben. Von Kindheit an war sie eine Leseratte und begann auch schon früh, sich für Krimis zu interessieren. Ihre ersten Krimierfahrungen sammelte sie mit den Maigret-Romanen von Georges Simenon (ihre Mutter ist gebürtige Belgierin). Nach dem jahrelangen Lesen von Krimis beschloss sie vor Kurzem, selbst unter die Autorinnen zu gehen. »Tee? Kaffee? Mord!« ist ihre erste Krimireihe.

Ellen Barksdale

Tee? Kaffee? Mord!

EIN MÖRDER
STEHT IM WALDE

Aus dem Englischen von Ralph Sander

be THRILLED

beTHRILLED

Vollständige ePub-to-Print-Ausgabe des in der Bastei Lübbe AG erschienenen eBooks »Tee? Kaffee? Mord! – Ein Mörder steht im Walde« von Ellen Barksdale

beTHRILLED in der Bastei Lübbe AG

Textredaktion: Dorothee Cabras
Lektorat/Projektmanagement: Rebecca Schaarschmidt
Covergestaltung: Kirstin Osenau unter Verwendung von Motiven © shutterstock/SJ Travel Photo and Video, © shutterstock/Protasov AN, © Mary Ro/Shutterstock, © Circle Creative Studio/Shutterstock
Satz: 3w+p GmbH, Rimpar (www.3wplusp.de)
Druck: Books on Demand GmbH, Norderstedt

ISBN 978-3-7413-0162-9

www.be-ebooks.de

www.lesejury.de

FSC
www.fsc.org
MIX
Papier aus verantwortungsvollen Quellen
Paper from responsible sources
FSC® C105338

Prolog, in dem eine Wanderin erst den Halt und dann die Fassung verliert

»Musst du denn alle paar Schritte ein Foto machen?«, fragte Jenna gereizt. »Du hältst uns alle nur auf.«

»Ach, komm schon«, gab Gertie unbeeindruckt zurück und grinste breit, während sie auf dem Display ihres Smartphones überprüfte, ob der Bildausschnitt hinter ihr auch gut gewählt war. »Es ist ja nun wirklich nicht so, als könntet ihr mir davonlaufen. Ich bin mindestens zwanzig Jahre jünger als jede von euch, und ich hole euch nach ein paar Minuten doch sowieso wieder ein, ohne nach Luft schnappen zu müssen.«

»Der Sinn einer Wandergruppe ist der, dass man als

Gruppe wandert«, rief Maxine ihr zu. »Es geht um den …«

»… den Zusammenhalt, ja, ja, ich weiß«, erwiderte Gertie. »Aber ich bin nun mal dieses Tempo aus dem Café gewöhnt und kann nicht langsamer gehen. Dann schlafe ich nämlich ein. Ist doch nicht schlimm, wenn ich euch vorgehen lasse und dann wieder einhole. Ich glaube, es würde euch noch viel weniger gefallen, wenn ich ständig vor euch herlaufen und euch zurufen würde, dass ihr euch ein bisschen beeilen sollt.« Sie zwinkerte Maxine zu. »Ist doch wahr, oder?«

Maxine verdrehte die Augen. »Weißt du, Gertie, wir machen das hier, weil wir gemeinsam Spaß haben und was für unsere Gesundheit tun wollen. Keiner von uns hat Lust, sich mit dem kleineren von zwei Übeln abfinden zu müssen, wenn eigentlich keines von beiden Übeln existieren müsste.«

Gertie zog die Augenbrauen zusammen, aber es wirkte nur im ersten Moment so, als wäre sie darüber beleidigt, dass ihr Benehmen als »Übel« bezeichnet wurde. Dann wurde klar, dass sie Maxine überhaupt nicht hatte folgen können, sich aber wohl auch nicht die Blöße geben wollte, bei ihr nachzufragen, was sie mit ihrer Bemerkung gemeint hatte. Stattdessen zuckte sie nur gelassen mit den Schultern und murmelte etwas Unverständliches.

»Gehen wir jetzt weiter oder was?«, fragte Gertie anschließend etwas lauter in die Runde und schüttelte die langen blonden Haare. Dann ging sie an Maxine und Jenna vorbei, um sich den vier anderen Frauen anzuschließen, die weitergewandert waren, als die Diskussion mit Gertie begonnen hatte.

Jenna schüttelte ungläubig den Kopf und setzte sich wieder in Bewegung.

»Wir hätten ihr schon vor Wochen sagen sollen, dass sie nicht mitkommen kann«, meinte Maxine leise, die neben ihr ging.

Jenna nickte betrübt. »Ja, es war tatsächlich ein Fehler, Gertie zu dieser Wanderung einzuladen.«

»Eingeladen hat sie sich selbst, als wir im Café saßen und über das hier gesprochen haben«, wandte die andere Frau ein. »Wir hätten sie gleich wieder ausladen sollen.«

»Ich weiß, aber das wäre irgendwie so … so unhöflich gewesen.«

Maxine seufzte. »Manchmal muss man offenbar zu anderen Leuten unhöflich sein, um zu verhindern, dass sie anschließend zu einem selbst unhöflich sind.«

»Schade, dass sie nicht in High Heels zur Abfahrt erschienen ist, wie wir alle es erwartet hatten«, sagte Jenna, während sie weiter zu den anderen aufschlossen. »Dann hätte sich das Problem von selbst erledigt.«

»Na ja, das Schlimmste steht uns ja sicher noch bevor, wenn Gertie merkt, dass ihr ständiges Hin und Her und die dauernden Tempowechsel an ihren Kräften zehren«, warnte Maxine, als Gertie sich wieder einmal von der Gruppe löste und eine Lichtung rechts des Wanderwegs überquerte, wohl um das nächste Selfie zu schießen. »Wir haben ihr gesagt, dass sie ein gleichmäßiges Tempo beibehalten soll, wenn sie nicht …«

Während Maxine redete, sah Jenna nach rechts zum Rand der Lichtung, wo die junge Kellnerin mit ausgestreckten Armen ihr Smartphone auf sich gerichtet hielt und einen Schritt nach hinten machte … danach noch einen … und dann wurde sie auf einmal scheinbar vom Erdboden verschluckt. Mit einem erstickten Aufschrei verschwand sie zwischen den Büschen und war weg.

»Oh mein Gott, Gertie!«, rief Jenna erschrocken. »Sie ist da … da …«

»Was denn?« Maxine schaute in die Richtung, in die ihre Freundin zeigte. »Da ist doch niemand.«

»Ja, eben«, gab Jenna zurück und zog Maxine hinter sich her. »Aber gerade eben hat Gertie noch da gestanden.«

Am Rand der Lichtung angekommen, drückte Jenna die dicht an dicht stehenden, mannshoch gewachsenen Büsche auseinander und wollte einen Fuß in die geschaffene Lücke setzen. Dabei merkte sie, dass sie ins Leere tappte. »Oh, langsam, ganz langsam«, murmelte sie und stieß erst deutlich tiefer auf Widerstand. »Hinter dem Gebüsch geht es offenbar steil runter. Halt mich fest!«

Sie streckte eine Hand hinter sich, damit ihre Freundin sie packte. Als sie deren festen Griff spürte, schob sie sich zwischen den Sträuchern hindurch, um sehen zu können, was sich dahinter befand.

Die Büsche säumten den Rand einer glücklicherweise nicht ganz so steil abfallenden Schräge, die eine Seite einer lang gestreckten Mulde bildete, die sich mitten durch den Wald zog. Zumindest auf den ersten flüchtigen Blick kam es Jenna so vor, als hätte hier vor langer Zeit der Untergrund nachgegeben, so als wäre tief unter ihnen ein alter Bergwerksstollen eingestürzt.

»Siehst du sie?«, fragte Maxine von der anderen Seite des Gebüschs.

»Ja, Gertie ist wohl ein paar Meter nach unten gerollt«, antwortete Jenna, als sie die junge Frau inmitten von Büschen auf dem Boden sitzend entdeckte.

»Lebt sie noch?«

»Ja. Sie macht gerade ein Foto von ihrem Fußgelenk. Ganz so schlecht kann es ihr also nicht gehen.«

»Ein Foto von ihrem Fußgelenk? Wieso das denn?«

»Frag mich was Leichteres«, gab Jenna zurück, dann rief sie: »Ist alles in Ordnung, Gertie? Brauchst du Hilfe? Sollen wir zu dir runterkommen?«

Als Gertie sich zu ihr umdrehte, war ihr schmerzverzerrtes Gesicht nicht zu übersehen. »Ich weiß nicht, wie sich das anfühlt, weil ich das noch nie hatte. Aber ich glaube, ich habe mir den Fuß gebrochen.«

»Was hat sie?«, hörte Jenna von der anderen Seite der Büsche Shelleys Stimme. Offenbar waren die anderen auf das Unglück aufmerksam geworden und zu ihnen zurückgekehrt.

»Vielleicht den Fuß gebrochen«, sagte Jenna und drehte sich so, dass sie seitlich auf der Schräge stand. »Ich lasse jetzt los. Wir müssen runter zu Gertie und nachsehen, was mit ihr los ist.«

Der Hang war recht mühelos zu bewältigen, fand Jenna, allerdings galt das nur, wenn man sich Zeit ließ und auf den Weg konzentrierte. Wenn man dagegen plötzlich den Boden unter den Füßen verlor, war es schlicht unmöglich, noch irgendwo Halt zu finden. Es konnte nur so sein, dass Gerties Sturz von den vielen Büschen gebremst worden war, was erklären würde, warum sie äußerlich weitgehend unversehrt aussah.

»Ich komme zu dir«, rief Jenna ihr zu. »Beweg dich nicht.«

»Hatte ich nicht vor«, sagte die jüngere Frau und stöhnte leise.

Bei ihr angekommen, kniete sich Jenna neben ihr hin und hob Gerties rechtes Bein ein Stück hoch, damit der Fuß nicht auf dem Boden ruhte. »Kannst du den Fuß bewegen?«

»Keine Ahnung«, ächzte sie. »Wie soll ich ihn bewegen, wenn er gebrochen ist?«

»Probier es einfach mal aus«, forderte Jenna sie auf,

woraufhin Gertie das Gesicht wie unter Todesqualen verzog.

»Ich kann nicht!«, rief sie verzweifelt. »Das sind ja höllische Schmerzen!«

»Na bitte, es geht doch«, stellte Jenna erfreut fest.

»Was?«

»Na, du hast den Fuß bewegt«, machte sie Gertie klar. »Dann ist er nicht gebrochen.«

»Aber ich … aber ich …«, versuchte Gertie zu protestieren, doch Jenna richtete sich schon ein wenig auf und zog sie vorsichtig hoch.

»Leg den rechten Arm um meine Schultern, ich umfasse mit meinem linken Arm deine Taille«, wies Jenna sie an. »Und dann gehen wir zusammen nach oben zu den anderen. Belaste deinen rechten Fuß nicht, dann wird das schon funktionieren.«

»Du hast gut reden«, fuhr die junge Frau sie an, die auf dem linken Bein zu balancieren versuchte. »Du hast dir ja nicht den Knöchel gebrochen!« Dabei fuchtelte sie so mit den Armen, dass sie den Halt verlor und nach hinten kippte. Im Fallen zog sie Jenna mit sich, da sie sich an deren Schulter festhielt.

Beide Frauen stürzten rücklings hin, und Jenna landete auf etwas Weichem, das sich weder nach Waldboden noch nach Busch anfühlte. Von Gertie kam ein ersticktes Ächzen, da ihr bei ihrer unfreiwilligen Landung die Luft aus den Lungen gepresst wurde.

»Sag mal, was sollte das denn gerade?«, herrschte Jenna die andere Frau an. »Wir können von Glück reden, dass hier keine Steine rumliegen, sonst hätte sich eine von uns jetzt womöglich den Kopf aufgeschlagen!«

»Das habe ich wohl kaum mit Absicht gemacht!«, gab Gertie zurück und schob die Hand zur Seite, die auf ihrem Bauch gelandet war.

Die Hand? Jenna stutzte. »Was … ist das für eine Hand?«, fragte sie.

»Na, deine natürlich!«

Jenna hob beide Hände hoch. »Ganz sicher nicht«, erwiderte sie zögerlich und wollte sich eben umdrehen, um festzustellen, auf was sie da eigentlich gelandet war.

Sie kam nicht mehr dazu, denn in dem Augenblick begann Gertie zu kreischen.

»Aaah! Aaaaah!«, war alles, was ihr über die Lippen kam. Gertie sprang auf und rannte die Schräge hinauf, so schnell sie konnte. Oben angekommen, schrie sie: »Aus dem Weg!« Dann stieß sie Maxine und Shelley zur Seite und stürmte davon.

Ungläubig sahen die zwei der jungen Frau hinterher und schüttelten den Kopf. »Das war wohl gerade ein Fall von Wunderheilung«, meinte Shelley verdutzt. »Sie rennt immer noch.«

»Das würde ich am liebsten auch«, murmelte Jenna erschrocken, die sich in der Zwischenzeit zur Seite gerollt hatte und in das bleiche Gesicht einer Frau sah, deren aufgerissene Augen sie mit leerem, totem Blick anstarrten.

Erstes Kapitel, in dem eine Leiche in Ballerinas Rätsel aufgibt

Zwei Stunden nach dem Fund der Frauenleiche war Constable Ronald Strutner damit beschäftigt, gemeinsam mit dem Gerichtsmediziner Jean-Louis Talradja den Fundort nach verwertbaren Spuren abzusuchen und die Tote aus jedem Winkel zu fotografieren. Talradja – von seinen Freunden kurz J.L. genannt – hatte zunächst eine erste Begutachtung der Leiche durchgeführt, aber das Fehlen jeglicher durch Gewaltanwendung zugefügter Verletzungen machte es unwahrscheinlich, in dieser Senke Spuren zu finden, die zu einem Täter führen konnten. Hinzu kam die Tatsache, dass die Wandergruppe sowohl hier unten als auch auf der Lichtung und zwischen den Büschen durch aufgeregtes Umherlaufen ohnehin alles niedergetrampelt hatte, was an Spuren möglicherweise vorhanden gewesen war.

»Sie liegt definitiv schon seit ein paar Tagen hier.

Doch dank der recht niedrigen Temperaturen für Mitte Mai sind noch kaum Verwesungsspuren sichtbar«, sagte Talradja. »Und zum Glück ist noch kein Aasfresser auf sie aufmerksam geworden, sonst …« Er zuckte mit den Schultern. »Na, du kannst dir sicher vorstellen, wie sie dann aussehen würde. Aber irgendwie kommt sie mir bekannt vor …«

»Vielleicht arbeitet sie im Krankenhaus?«, gab Ronald zurück. »Und die Todesursache? Irgendwelche Spekulationen?«, fragte er weiter, da alles danach aussah, dass sie keinen verräterischen Hinweis mehr finden würden.

Der Gerichtsmediziner stand da und betrachtete die Tote. »Sie ist nicht durch Gewalteinwirkung zu Tode gekommen; sie wurde weder erschlagen noch erdrosselt. Und mit irgendeiner Waffe ist sie zumindest bei flüchtiger Betrachtung auch nicht getötet worden«, sagte Talradja. »Meine Vermutung wäre ein internistischer Vorfall.«

»Du meinst … so was wie ein Herzinfarkt?« Der Constable betrachtete das Gesicht der Toten. »War sie dafür nicht noch etwas jung?«

»Es sind schon Fußballer mit gerade einmal achtzehn Jahren aufgrund von Herzversagen tot auf dem Spielfeld umgefallen«, gab J.L. zu bedenken.

Ronald zuckte unschlüssig mit den Schultern. »Na ja, ausschließen kann man das wirklich nicht.« Er deutete auf die Tote. »Mich irritiert nur die Kleidung, die sie trägt.«

»Wir haben Mitte Mai, da ist gegen eine Jogginghose und ein T-Shirt nichts einzuwenden«, meinte J.L. beiläufig.

»Ich dachte eigentlich mehr an die Schuhe«, stellte der Constable klar. »Wer geht in Ballerinas auf eine Wanderung durch den Wald? Nach ein paar Hundert Metern wären diese Sohlen durchgescheuert. Aber so sauber, wie die aussehen …«, er beugte sich vor, um mehr erkennen zu können, »… ist sie damit keine zehn Schritte gelaufen.«

»Wenn sie nicht weiter gelaufen ist, wurde sie vielleicht woanders ermordet und hier abgelegt«, überlegte Talradja laut. »Das würde den Zustand ihrer Ballerinas erklären.«

»Das wäre eine Möglichkeit«, räumte Strutner ein. »Allerdings kleben an ihrer Kleidung überall Grashalme und Erde, was auf mich eher den Eindruck macht, dass sie in das Gebüsch gerollt ist.«

Der Gerichtsmediziner deutete nach oben. »Und wenn der Mörder sie von der Kante hat runterrollen lassen?«

Der Constable verzog den Mund. »Ich weiß nicht, das klingt nicht plausibel. Wenn er sie verschwinden lassen will, warum rollt er sie dann die Schräge runter? Dadurch hat er ja keine Kontrolle, wo sie landet, und wenn sie in der falschen Position liegen bleibt, muss er erst noch hinterhergehen und sie unter das Grünzeug schaffen.«

»Aber wenn sie die letzten Meter in ihrem Leben selbst zurückgelegt hat, kann sie nicht weit gelaufen sein. Sie könnte hier irgendwo gezeltet haben«, gab der Gerichtsmediziner zurück und rieb sich über den Spitzbart, der ihn wie einen der drei Musketiere aussehen ließ. Die pechschwarze wallende Lockenmähne war nur zum Teil unter einer Plastikhaube verschwunden, die für den Wust an Haaren nicht ausreichte. Er trug einen dünnen hellblauen Schutzanzug und Einweghandschuhe.

Ronald schüttelte den Kopf. »Entlang dieser Wanderstrecke ist das Zelten verboten. Außerdem hätten wir irgendwo in der Nähe der Lichtung ihr Zelt sehen müssen, weil sie nicht weit gelaufen sein kann.«

»Aha! Und wenn man sich weit genug von der Wanderstrecke entfernt, darf man campen?«

Der Constable nickte.

»Wieso?«

»Was wieso?«

»Wieso ist das Zelten da verboten und zwanzig Meter weiter weg erlaubt?«

»Keine Ahnung«, antwortete Ronald. »Ich habe die Vorschriften nicht gemacht. Ich könnte mir vorstellen, dass die Forstverwaltung irgendwann mal eine Vorschrift geändert hat, ohne zu merken, dass davon auch noch ein Dutzend andere Punkte betroffen sind.«

»Das heißt, unsere Unbekannte – die ich aber schon mal irgendwo gesehen habe – könnte zum Beispiel da oben ihr Zelt aufgeschlagen haben?«, erkundigte sich J.L. und zeigte auf die gegenüberliegende Seite der Senke.

»Theoretisch ja. Wieso fragst du?«

»Na ja, ich war bislang davon ausgegangen, dass diese Frau auf der anderen Seite den Halt verloren hat, weil diese Wandergruppe ja auch von da gekommen ist«, erklärte Talradja. »Allerdings würde sich ihre Position viel leichter erklären lassen, wenn sie von dahinten runtergerollt wäre.«

Ronald schob die Dienstmütze in den Nacken und schaute die Schräge hinauf. »Dann werde ich da mal nachsehen.«

»Ich komme mit, ich kann hier ohnehin nichts mehr tun«, sagte J.L. »Für alles Weitere brauche ich mein Labor.« Er sah auf die Uhr. »Die Jungs vom Bestatter müssten eigentlich bald hier sein.«

»Wer ist da jetzt überhaupt zuständig? Becker hat

sich doch wegen seiner Steuerschulden aus dem Staub gemacht.«

»In seinem Geschäft hat sich irgendeine Kette aus dem Norden provisorisch eingerichtet«, antwortete der Gerichtsmediziner. »›Life After Life‹ heißt die, wenn ich mich nicht irre. Eigentlich müsste das Finanzamt ja den ganzen Laden pfänden, aber da es immer wieder Leute gibt, die mit dem Sterben nicht warten können, wäre die Versorgung der ganzen Region gefährdet.«

Der Constable lachte kurz auf und nickte, dann ging er die Schräge hinauf. J.L. war dicht hinter ihm. »Volltreffer«, sagte er, als er oben angekommen war. »Die Frau ist tatsächlich nur drei Schritte gelaufen, ehe sie hier runtergerollt ist.«

Mitten im Wald stand ein Zwei-Mann-Zelt, das aussah, als hätte sich dort ein kleiner Wirbelsturm ausgetobt. Ein Gaskocher lag auf der Seite, Teller und Besteck waren auf dem Boden verteilt, Kleidungsstücke aus dem Zelt gezogen worden, darunter auch Wanderstiefel. Die Zeltplane wies an mehreren Stellen größere Löcher auf.

»Man könnte meinen, dass eine kleine Barbarenhorde über das Zelt hergefallen ist«, sagte der Gerichtsmediziner.

»Da ist einfach alles durchwühlt worden«, stellte der Constable fest. »Wir werden erst mal Spuren sichern müssen. Es könnte ein Raubmord sein.«

»Wenn du wirklich einen von den … Tätern verhaften willst, solltest du dir einen Satz extrakleine Handschellen zulegen, Ronald.«

»Wofür sollen die gut sein?«

»Damit sie die winzigen Gelenke auch sicher umschließen«, gab Talradja grinsend zurück.

»Welche winzigen Gelenke?«

»Na, die der Krähen und Elstern, der Füchse und der

Mäuse und aller anderen Tierchen, die sich hier im Wald tummeln.« Als er Ronalds ratlosen Blick bemerkte, fügte er hinzu: »Das da hat niemand verbrochen, der strafrechtlich dafür belangt werden könnte. Das waren Elstern, Krähen, Füchse, Mäuse und was sonst noch so alles im Wald kreucht und fleucht. Nachdem die Camperin tot war und Ruhe herrschte, haben die sich hier umgesehen, die Lebensmittelvorräte entdeckt und dann alles auf den Kopf gestellt. Sieh doch mal da, die Brotdose.« Er hob den Deckel auf, der neben der Dose lag, in der sich nur noch ein paar Krümel befanden. »Die Ecke hat jemand herausgebissen, und nachdem erst mal ein Loch entstanden war, konnte der Deckel hochgedrückt werden. Natürlich macht so was viel Arbeit, aber die lohnt sich, wenn man sich anschließend mit einer Scheibe Brot oder Wurst oder einem Stück Käse zurückziehen kann, um es in Ruhe zu verspeisen. Aus dem Grund wurde auch die Zeltplane zerfetzt: Da wollten ein paar Vierbeiner unbedingt wissen, ob sich auf der anderen Seite noch mehr Essbares befindet.«

Der Constable nickte zustimmend. »Dann wollen wir erst einmal alles fotografieren.«

Ein paar Minuten später war das erledigt, und Ronald begann zu sichten, was überhaupt im Zelt und in der unmittelbaren Umgebung zu finden war. Es war erkennbar an allen Dingen vom T-Shirt bis hin zur Haarbürste gezupft, gezogen und geknabbert worden, um sie auf ihre Genießbarkeit zu überprüfen. »Keine Ausweispapiere«, stellte er nach einer Weile fest.

»Bei sich trug sie auch nichts«, ergänzte J.L. »Vielleicht hatte sie die Papiere ja zu Hause oder im Auto gelassen, sofern sie mit dem Wagen hergekommen ist.«

»Das wird kein Vergnügen werden, den ausfindig zu machen«, murmelte Ronald.

»Gibt es hier nicht einen zentralen Parkplatz, von dem aus die Wanderer für gewöhnlich aufbrechen?«

Der Constable schüttelte zwar den Kopf, bejahte aber zunächst die Frage: »Pelham Woods hat den zentralen Parkplatz, auf dem wir geparkt haben, das ist richtig. Doch die Wanderrouten beschränken sich nicht auf diesen Wald, sondern ziehen sich durch die ganze Grafschaft. Du kannst eine Route wählen, bei der du nach drei Stunden an den Ausgangspunkt zurückkehrst, aber du kannst auch drei Wochen lang in der gesamten Region umherwandern. Das bedeutet, es gibt Dutzende Parkplätze, doch selbst die müssen uns nicht zwangsläufig weiterhelfen. Manche Wanderer stellen ihren Wagen lieber im Dorf um die Ecke ab und gehen das Stück bis zum Wanderweg, weil sie finden, dass der Wagen dort sicherer aufgehoben ist.«

»Das leuchtet ein. Wenn hier abends um elf noch ein Auto auf dem Platz steht, kann man es ohne Risiko aufbrechen und stehlen, weil der Eigentümer das ganz sicher nicht vor dem nächsten Morgen bemerken wird.« J.L. zuckte mit den Schultern. »Außerdem wissen wir ja nicht mal, ob sie womöglich mit dem Bus hergekommen ist.« Er drehte sich um und hob einen Kochtopf auf, gegen den er gestoßen war, als er gerade eben einen Schritt nach hinten gemacht hatte. Dann stellte er den Topf weg und betrachtete die Lage des Zeltes im Verhältnis zu dem Graben, der sich mitten durch den Wald zog. »Tja, das würde schon alles passen«, redete er leise weiter. »Angenommen, sie bekam plötzlich Herzbeschwerden, die sie aus dem Schlaf rissen. Sie ist aus dem Zelt gekrochen, noch immer schlaftrunken, sodass sie gar nicht so genau wusste, wo sie eigentlich war. Ihr Gedanke war nur, Hilfe zu rufen, damit sich ein Arzt um sie kümmert. Vielleicht gingen ihr Stiche durchs Herz, die so heftig waren, dass sie nicht mehr wahrnahm, wo sie war. Sie lief los, aber in ihrer Verfassung dachte sie nicht daran, woher sie gekommen war und wo sie nicht entlanglaufen durfte.«

»Und dabei hat sie sich für die falsche Richtung entschieden«, fügte Ronald an. »Sie läuft los, hat auf einmal keinen Boden mehr unter den Füßen und landet in dieser Senke. Aber sie hat sich ja anscheinend nichts gebrochen, sie hätte sich doch aufrappeln können.«

J.L. hob abwehrend die Hände. »Es gibt bestimmt tausend Gründe, weshalb sie das nicht gemacht hat. Womöglich war sie so in Panik geraten, dass ihr Herz einfach nicht anders konnte, als zu kapitulieren. Die Autopsie wird zweifellos mehr ergeben, nur werden wir nicht erfahren, was ihr in diesen letzten Momenten durch den Kopf ging.«

»Das ist zwar alles sehr tragisch, doch ich glaube, man kann getrost davon ausgehen«, sagte Ronald nach einer langen nachdenklichen Pause, »dass sie unter natürlichen Umständen umgekommen ist. Von einem Mord ist wohl nicht auszugehen, oder?«

»Du weißt, Ronald, ich schließe Dinge nie aus, solange sie nicht bewiesen oder widerlegt sind«, betonte der Gerichtsmediziner. »Und ich möchte auch so unvoreingenommen wie möglich ans Werk gehen, trotzdem … Ich schätze, du wirst diesmal nur einen kurzen Bericht schreiben müssen.«

»Das wäre mal eine angenehme Überra-«

»Hallo! Haaaallooo! Hallo!«, ertönten laute Rufe, die den Constable mitten im Satz verstummen ließen.

»Wer ist denn das?«, fragte er verwundert, als er zwei Frauen entdeckte, die, von der anderen Seite kommend, die Schräge heruntergingen. Eine war groß und stämmig, die andere Frau war deutlich kleiner und zierlicher und wirkte regelrecht schmächtig. Die Kleinere trug die platinblond gefärbten Haare streng nach hinten gekämmt und zu einem langen Zopf geflochten, die Größere wirkte mit der Bürstenfrisur und den fast kahl rasierten Seiten so, als wäre sie im Hauptberuf bei den US Marines.

Beide waren in schwarze Overalls gekleidet, die mit irgendeinem Logo versehen waren.

»Keine Ahnung«, antwortete J.L. und rief den Frauen zu: »Hallo? Wohin wollen Sie?«

»Wir kommen von Life After Life, wir sollen hier jemanden abholen«, rief die Blonde ihm zu.

»Dann sind Sie hier richtig. Da unten liegt die Tote«, sagte J.L., während der Constable und er ihnen entgegengingen. »Sie muss in die Rechtsmedizin gebracht werden. Wissen Sie, wo das Institut ist?« Die beiden sahen einander an und zuckten mit den Schultern. »Auch gut. Wenn Sie hier fertig sind, warten Sie bitte auf dem Parkplatz auf mich. Sie können dann einfach hinter mir herfahren. Der Constable und ich müssen da oben noch ein paar Dinge zusammenräumen. Ach so, ich bin übrigens Jean-Louis Talradja, und das ist Constable Strutner.«

»Okay«, sagte die Frau mit dem Marines-Haarschnitt. »Ich bin Miss Keaton, und das ist Miss Keaton.« Dabei zeigte sie mit dem Daumen auf ihre zierliche Kollegin.

»Sind Sie verwandt?«, fragte Ronald.

»Miteinander?«, erwiderte die größere Frau, und als Ronald nickte, fügte sie hinzu: »Nein, wieso?«

»Ach«, machte er und unterstrich das mit einer ebenso vagen Geste. »War nur so ein Gedanke.«

Die Frau sah ihn an, als wollte sie noch etwas sagen, aber dann wandte sie sich wieder an den Gerichtsmediziner. »Wir holen jetzt erst den Sarg, und danach treffen wir uns auf dem Parkplatz«, erklärte sie und machte zusammen mit ihrer Kollegin kehrt, ohne auf eine Erwiderung zu warten.

»Seltsame Truppe«, murmelte Ronald, nachdem die zwei auf den Wanderweg zurückgekehrt waren.

»Gewöhnungsbedürftig«, stimmte J.L. ihm zu und fügte schmunzelnd an: »Ich will doch hoffen, dass die Geschäftsführung von Life After Life nicht aus Zombies besteht, die den Job nur machen, um an Leichen zu kommen, die sie als Ersatzteillager benutzen wollen.«

Ronald zog eine Augenbraue hoch. »Das war jetzt nicht sehr pietätvoll, wenn man bedenkt, dass die Tote noch immer da liegt.«

»Tut mir leid, Ronnie«, sagte der Gerichtsmediziner. »Mit den Jahren entwickelt man in meinem Job einen etwas speziellen Humor.«

Der Constable nickte nachdenklich.

»Schwamm drüber.« J.L. machte eine wegwerfende Geste und ging wieder die Schräge hinauf. Dabei zog er aus seiner Umhängetasche mehrere Müllbeutel. »Wir packen alles ein und nehmen es mit, vielleicht muss ich noch die eine oder andere Untersuchung vornehmen.«

Ronald stutzte. »Glaubst du etwa, du musst doch nach Spuren suchen, um jemanden zu überführen?«

»Nein, ich denke eher an andere internistische Ursachen. Vielleicht ist sie ja mit irgendeiner Pflanze in Berührung gekommen, auf die sie erst später mit einem Erstickungsanfall reagiert hat.« Er zuckte mit den Schultern. »Sie kann ebenso gut um Luft ringend aus dem Zelt gelaufen und dann da unten gelandet sein. In jedem Fall ist es tragisch, dass jemand wie sie, der offenbar die Natur liebte, wohl nur deshalb umgekommen ist, weil er sich mitten in der Natur aufhielt und niemand in der Nähe war, um noch zu helfen.«

Sie machten sich daran, die Habseligkeiten der Toten in die Müllsäcke zu packen. Nach einer Weile vernahmen sie Frauenstimmen, die aus der Senke zu ihnen drangen. Scheppernde Geräusche waren bis zum Zelt zu hören, als die Bestatterinnen den Sarg öffneten und den Deckel zur Seite legten.

»Hey, Mr Gandhi«, ertönte auf einmal die Stimme der großen Frau. »Wir haben hier was gefunden!«

J.L. stutzte. »Habe ich das gerade richtig verstanden?«, fragte er den Constable.

»Ja, und deswegen wirst du auch hier oben bleiben«, sagte der hastig.

»Ich werde …«

»Nein, wirst du nicht.« Ronald fasste ihn am Arm und zog ihn zurück. »Du hast jeden Grund, diese Frau zur Schnecke zu machen, doch das bringt jetzt nichts. Wenn ihr das nicht passt, und sie sagt daraufhin, dass sie die Tote nicht mitnimmt, müssen wir zusehen, wie wir sie an deinen Arbeitsplatz geschafft bekommen.«

»Ich kann die Frau doch nicht mit so einer Bemerkung davonkommen lassen!«, protestierte Talradja.

»Sollst du auch gar nicht. Aber lass sie erst ihre Arbeit machen. Kann doch sein, dass sie einen Grund sucht, damit sie den Sarg nicht bis zum Parkplatz tragen muss«, gab Ronald zu bedenken. »Wenn unsere Unbekannte – die dich an jemanden erinnert – auf deinem Edelstahltisch liegt, ist es noch früh genug, sich zu beschweren.«

»Hm«, grübelte der Gerichtsmediziner und grinste dann. »Das ist eine gute Idee.«

»Wen wundert's? Kommt ja schließlich von mir«, gab der Constable amüsiert zurück und ging an ihm vorbei, um sich nach unten zu den beiden Frauen zu begeben.

Die hatten die Tote bereits in den Sarg gelegt und den Deckel geschlossen. »Was haben Sie denn gefunden?«

»Ach, Sie sind's«, sagte die Frau mit dem Bürstenhaarschnitt. »Ist Mr Gandhi schon weg?«

»Mr *Talradja* hat zu tun. Sie müssen mit mir vorliebnehmen.«

»Tut mir leid, den Namen kann ich mir nicht merken«, erwiderte sie völlig unbeeindruckt. »Mein Pizzalieferant heißt auch irgendwie indisch, aber den nenne ich auch immer nur Mr Gandhi.«

»Solange Sie ihn nicht mit Mr Chang vom China-Imbiss verwechseln«, erwiderte Ronald, doch sein feiner Spott war an sie verschwendet.

»Der Mann vom China-Imbiss heißt Mr Ling, nicht Mr Chang«, korrigierte ihn die Frau und schüttelte dabei verwundert den Kopf.

»Okay, was haben Sie?«, wechselte er das Thema, da ihm die Unterhaltung mit dieser merkwürdigen Frau schon jetzt zu anstrengend war.

»Das da.« Beide Miss Keatons zeigten auf den Boden, wo etwas halb unter einem Busch verborgen lag.

Ronald, der ebenfalls Einweghandschuhe trug, bückte sich, griff nach dem Gegenstand und hielt wenig später ein Smartphone in der Hand. »Danke für den Hinweis«, sagte er, aber die beiden Frauen trugen bereits den Sarg nach oben. Es verblüffte den Constable, dass die kleine, zierliche Blonde vorn ging, da sie so die ganze Zeit über den Sarg nicht nur tragen, sondern auch noch hochhalten musste, damit der nicht an einer Unebenheit oder einem Strauch hängen blieb. Mit dem Smartphone kehrte er zu Talradja zurück. »Sieh dir das an.«

»Wo hat denn das gelegen?«, wunderte sich der Gerichtsmediziner. »Ich habe die Tote doch von allen Seiten begutachtet.«

»Das war unter das Gestrüpp gerutscht«, sagte Ronald. »Allerdings erst, nachdem ein Lkw drübergefahren ist. Jedenfalls sieht das Glas danach aus. Das ist fast komplett zersplittert. Und ich dachte, die Dinger wären so robust.«

»Oh, das sind sie auch«, bestätigte J.L., ergänzte dann aber: »Sofern man sie wie rohe Eier behandelt. Mir ist mal ein Smartphone aus der Hand gerutscht und so unglücklich auf dem Steinboden aufgeschlagen, dass man hätte meinen können, in dem Ding sei eine Sprengladung explodiert.« Er deutete auf das Smartphone, das Ronald in der Hand hielt. »Dass das Teil so aussieht, wundert mich gar nicht. Funktioniert es eigentlich noch?«

»Das werde ich nicht ausprobieren«, erwiderte der Constable. »Da muss ein Fachmann ran. Der weiß, wie man aus einem solchen Haufen Schrott noch Daten retten kann. Wenn wir die Identität dieser Frau nicht auf einem anderen Weg ermitteln können, hilft uns vielleicht das weiter, was sich auf ihrem Smartphone befindet.«

»Frag doch mal Lazebnik, ob der jemanden kennt«, schlug J.L. vor, während er den vollen Müllsack zuschnürte.

»Unseren Anwalt in Earlsraven? Wieso ihn?«

»Weil er mir neulich noch von einem Fall erzählt hat, bei dem er die Unschuld seines Mandanten beweisen konnte, nachdem es ihm gelungen war, Daten auf dem PC des Mannes wiederherzustellen, die der wahre Täter gelöscht hatte. Für so was braucht es Spezialisten.«

»Gut zu wissen. Danke für den Tipp!« Ronald steckte das Smartphone in einen kleinen Asservatenbeutel und sah sich um. »Ich würde sagen, wir sind erst mal fertig und können gehen. Schließlich wollen wir doch die beiden Grazien vom Bestattungsinstitut nicht warten lassen.«

J.L. stöhnte leise auf. »Wenn von dieser Amazone keine weiteren dummen Bemerkungen mehr kommen, werde ich über ihren ›Mister Gandhi‹ dieses Mal hinwegsehen. Aber wenn die gleich wieder anfängt, kriegt sie Ärger.«

»Dann lass uns hoffen, dass sie den Mund hält«, meinte Ronald und marschierte los.

»Und? Nervös?«

Nathalie hob den Kopf, als sie die Stimme ihrer Köchin hörte, und sah zur Tür. »Nervös?«, wiederholte sie und hielt einen Moment inne. »Nicht in dem Sinn, ob der Laden ein Erfolg wird. Davon bin ich überzeugt, weil das Konzept gut ist und weil alle an einem Strang ziehen. Ausgenommen natürlich unser ›werter‹ Sir Alfred Battersfield. Wenn mich etwas beunruhigt, dann ist es die Frage, was er sich ausgedacht hat, um die für morgen angesetzte Eröffnung auch wieder zu vereiteln.«

Nathalie, der in Earlsraven der Pub Black Feather gehörte, hatte sich vor einer Weile auf ein neues Projekt gestürzt: Sie hatte einen ehemaligen Supermarkt zu einem Landmarkt für regionale Produkte umbauen lassen. Dieser stellte jedoch einen erheblichen Stolperstein für das von Battersfield geplante riesige Bauprojekt dar, dessen Zufahrt der Landmarkt blockieren würde. Der Regionalpolitiker hatte deshalb bereits versucht, Nathalie einzuschüchtern, und sogar ein Feuer an ihrem Laden legen lassen.

Ende April hatte der Markt dann eigentlich eröffnen sollen. Alles war dafür bereit gewesen, die Einladungen an die Medien waren verschickt worden – da war in der

Nacht vor dem großen Ereignis ein Anruf von der Feuerwehr eingegangen: In unmittelbarer Nähe zum Landmarkt hatte es einen Wasserrohrbruch gegeben, der das Ladenlokal gut dreißig Zentimeter hoch unter Wasser gesetzt hatte. Zum Glück war der Keller mit der Heizung und etlichen anderen Geräten verschont geblieben, da die Spezialtür zum Untergeschoss, in dem sich auch Kühlräume befanden, gerade erst erneuert worden war und fast völlig dicht schloss. Die Stelle, an der das Wasser aus einem Kanaldeckel geschossen war, befand sich ein Stück die Straße hinauf, die an dieser Stelle ein wenig anstieg, sodass Nathalies Markt den Wassermassen genau im Weg gestanden hatte. Die Feuerwehr hatte am nächsten Morgen allerdings festgestellt, dass es sich in Wahrheit gar nicht um einen Rohrbruch gehandelt hatte. Vielmehr war die Leitung manipuliert worden. Auch wenn Ronald anschließend die Anzeige wegen Sachbeschädigung nur gegen unbekannt hatte aufnehmen können, war ihnen allen klar gewesen, welcher Name dort eigentlich hätte stehen müssen.

»Viel Zeit bleibt ihm nicht mehr«, sagte Louise nach einem Blick auf ihre Armbanduhr. »Aber selbst das ist noch zu viel Zeit.«

Nathalie seufzte, fuhr sich durch die langen dunkelblonden Haare und lehnte sich in ihrem Sessel zurück. »Wir müssen endlich einen handfesten Beweis finden, dass Battersfield den Mord an Ewan Forrester in Auftrag gegeben hat.« Forrester war der Enthüllungsjournalist, der über die Baupläne des Politikers recherchiert und vorgehabt hatte, die massiven Eingriffe publik zu machen, die das Projekt »Raven's Gate« nicht nur für die Natur bedeuten würde. Es war auch zu befürchten, dass die Region ihren ländlichen Charakter verlieren könnte, wenn »Raven's Gate« erst einmal Nachahmer fand.

Louise verzog missmutig den Mund, kam näher und setzte sich auf einen der Stühle vor dem Schreibtisch. »Siehst du, das Problem ist, dass meine Kontakte bei unseren Geheimdiensten dir mehr darüber sagen können, ob Präsident Putin morgens das hart gekochte Ei köpft oder aufschlägt, und meine Bekannten bei den ausländischen Diensten wissen, über welchen Cartoon unser Premier heute am lautesten gelacht hat, als er die Tageszeitungen gelesen hat. Battersfield ist für diese Leute uninteressant, jedenfalls jetzt noch. Natürlich haben sie Kontakte, die ihnen Informationen über Politiker wie ihn zuspielen, aber die werden bislang nicht ausgewertet. Battersfield ist eine lokale Größe mit hochtrabenden Plänen, die allerdings erst mal in die Tat umgesetzt werden müssen, damit er seine Machtposition festigen und ausbauen kann. Wenn er in zehn Jahren hingeht und lässt sich zum Spitzenkandidaten der Tories aufstellen, dann liegen bei den Kollegen im Ausland schon die Aktenmappen bereit, in denen der Beweis zu finden ist, dass er Forrester ermorden ließ. Doch erst *dann*, weil es *dann* benutzt werden kann, um den Mann unter Druck zu setzen. Lässt er sich nicht dazu ›überreden‹, seine Politik nach den Wünschen gewisser einflussreicher Personen auszurichten, dann lassen sie eben die Bombe platzen und spielen das Material den Journalisten zu, von denen sie wissen, dass sie nur auf eine solche Gelegenheit warten. Dann wäre Battersfield erledigt. Zumindest politisch erledigt.«

»Ja, aber in zehn Jahren hat er sein Bauprojekt hier längst umgesetzt und so viel Schaden angerichtet, der nicht mehr rückgängig gemacht werden kann.«

»Ich weiß, Nathalie. Es kann natürlich dazu kommen, dass er sich selbst ruiniert, weil er sich mit diesem Projekt übernimmt. Wenn letztlich keiner von den Reichen herziehen will, die er als potenzielle Käufer der Häuser ins Auge gefasst hat, haben wir eine Bauruine am Hals, und die Natur ist auch zerstört worden.« Nach einem kleinen Moment des Schweigens lächelte sie Nathalie aufmunternd an. »Ich habe ein paar Leute gebeten, unauffällig Nachforschungen anzustellen und in Battersfields Vergangenheit zu suchen. Wer weiß, was er schon alles angestellt hat, um dahin zu kommen, wo er heute ist!«

Nathalie nickte dankbar und sah auf die Uhr auf ihrem Schreibtisch. »Kurz nach sechs. Noch sechzehn Stunden bis zur Eröffnung. Da kann noch viel passieren«, murmelte sie.

In diesem Moment klopfte es, und Ronald trat in ihr Büro. »Hallo, ihr zwei! Gibt's was Neues?«

»Zum Glück noch nichts«, erwiderte Nathalie. »Und bei dir?«

»Eine unbekannte Frauenleiche in Pelham Woods«, antwortete er betreten.

»Bitte kein Mord, wenn's geht!«, gab Louise zurück. »Davon hatten wir in letzter Zeit mehr als genug.«

»Da kann ich dir nur zustimmen«, sagte der Constable. »Aber immerhin können wir auch eine Aufklärungsquote vorweisen, um die uns jeder Kollege beneiden dürfte.« Er schüttelte flüchtig den Kopf. »Doch in diesem Fall sieht es J.L. zufolge so aus, als wäre es zu einem internistischen Notfall gekommen, womöglich zu einem Herzinfarkt. Die Camperin ist dann wohl aus dem Zelt gelaufen, um Hilfe zu rufen, und dabei ist sie in diesen langen Graben gefallen, der sich ein paar Meilen weit durch den Wald zieht. Dort wurde sie heute Nachmittag von einer Wandergruppe entdeckt. Die Unbekannte ist wohl schon ein paar Tage tot, J.L. kann das noch nicht so genau sagen. Ihm kommt sie bekannt vor, aber er kann sich nicht erinnern, wo er sie schon einmal gesehen haben könnte.«

Nathalies Telefon klingelte. »Vielleicht weiß er ja jetzt mehr«, sagte sie und griff nach dem Hörer. »Nathalie Ames hier.« Sie lauschte der Stimme eines Mannes, der hastig auf sie einredete. Mit jedem weiteren Wort verfinsterte sich ihre Miene noch etwas mehr. »Ich rufe Sie gleich zurück, Mr Prescott«, sagte Nathalie und legte auf. »Das war Max Prescott, der Elektriker«, sprach sie leise und langsam. »Ein Bagger hat einen Verteilerkasten gleich neben meinem Landmarkt umgefahren. Es gibt keinen Strom für den Laden, weder heute noch morgen. Und auch nicht vor Mitte nächster Woche.«

Zweites Kapitel, in dem Nathalies Projekt durch Sabotage zu scheitern droht

»Wie bitte?«, fragten Louise und Ronald gleichzeitig.

»Es gibt keinen Strom«, wiederholte Nathalie mit versteinerter Miene. »Ohne Strom kein Licht, was ja vielleicht noch hinnehmbar wäre, weil das Tageslicht durch die Fensterfront scheint. Aber ohne Strom auch keine Kühltheken. Und vor allem keine Alarmanlage und keine Brandschutzanlage. Und das heißt …«

»… dass der Markt nicht für Publikum geöffnet werden darf«, führte der Constable ihren Satz fort.

»Das ist eindeutig Sabotage«, stellte Louise aufgebracht fest. »Welchen Grund gibt es, heute mit einem Bagger zum Landmarkt zu fahren? Da muss nichts mehr aufgerissen und nichts weggeschaufelt werden. Prescott war doch bestimmt wegen der Sicherungen da, oder?«

»Ja, richtig«, bestätigte Nathalie. »Es ging nur um zwei Sicherungen, die immer wieder rausgeflogen sind. Dafür braucht wirklich niemand einen Bagger. Und es gibt auch keinen Grund, damit den Verteilerkasten umzufahren, verdammt!« Aufgebracht schlug sie mit der Faust auf den Tisch. »Das lasse ich mir nicht gefallen!«

Ronald und Louise sahen einander skeptisch an. »Und was willst du dagegen unternehmen? Der Verteilerkasten ist umgefahren worden, da müssen unzählige Verbindungen wiederhergestellt und Kabel neu verlegt werden, ganz zu schweigen davon, dass das Ding erst wieder aufgerichtet und sicher mit dem Untergrund verbunden werden muss. Dafür brauchst du Fachleute, das kann man nicht so nebenbei erledigen.«

»Ich habe auch nicht vor, irgendetwas nebenbei zu erledigen«, sagte Nathalie entschlossen. »Ich werde etwas ganz anderes machen.«

In diesem Moment wurde die Tür geöffnet. »Hallo, zusammen! Hey, Nathalie«, rief Fred und kam ins Büro gestürmt. Mit strahlendem Lächeln setzte er zu einem »Morgen früh wirst du …« an, verstummte jedoch, als er die finstere Miene seiner Freundin bemerkte. »Stimmt was nicht?«

»Du warst eben noch im Markt?«, fragte sie und stand auf, um ihm einen Kuss zu geben. Fred wollte sie zwar dabei umarmen, aber sie schüttelte flüchtig den Kopf und setzte sich wieder.

»Ja, ich habe gewartet, bis dieser Mr Prescott fertig war, damit ich abschließen konnte.«

»Hast du einen Bagger gesehen?«

Fred musste lachen. »Ja, den habe ich gesehen. Das war Prescotts Bagger. Zwei von seinen Leuten sind mit dem Ding auf einem Tieflader angekommen und haben den Bagger runtergefahren. Ich habe Prescott im Scherz zugerufen, ob wir das Ding morgen bei der Tombola verlosen sollen. Daraufhin kam er aus dem Kämmerchen gestürmt, wo der Sicherungskasten hängt, und ist seinen Leuten fast an die Gurgel gegangen, weil der Bagger ganz woanders benötigt wird und heute noch da ankommen sollte.« Er zuckte mit den Schultern. »Keine Ahnung, ob die das noch hinkriegen werden. Auf jeden Fall war der Bagger noch nicht zurück auf dem Tieflader, als ich abgefahren bin.« Plötzlich stutzte er. »Woher weißt du, dass da ein Bagger war?«

»Weil dieses Ding offenbar in dem Moment, in dem du außer Sichtweite warst, dafür gesorgt hat, dass der Landmarkt morgen nicht eröffnen kann.«

»Was?« Fred riss ungläubig die Augen auf. »Was haben die denn gemacht? Sind die etwa in die Fensterfront gefahren?«

»Das zum Glück nicht. Der Bagger hat ›nur‹ den Stromkasten umgefahren, doch das reicht, um uns für morgen außer Gefecht zu setzen. Ohne Strom darf der Markt nicht für Besucher geöffnet sein.«

»Dann … dann fällt die Eröffnung schon wieder aus?«

»Nein, das wird sie nicht«, machte Nathalie ihm klar und griff nach dem Telefon.

»Was hast du vor?«, wollte Fred wissen und sah fragend zu Louise und Ronald. »Habt ihr eine Ahnung?«

Beide schüttelten nur den Kopf.

Bevor Nathalie auf die Taste tippte, die sie mit dem letzten Anrufer verbinden würde, schaute sie in die Runde. »Es wäre vielleicht besser, wenn ihr drei rausgehen würdet. Oder wenn ihr euch wenigstens die Ohren zuhalten könntet. Nicht, dass ihr noch unter Eid gegen mich aussagen müsst, weil ihr das alles mitgehört habt.«

»Gegen dich aussagen?«, gab der Constable irritiert zurück. »Willst du jetzt etwa selbst einen Schlägertrupp engagieren und auf den Elektriker hetzen?«

»Hey, Ronald, danke für den Tipp! Daran hatte ich gar nicht gedacht«, sagte sie und zwinkerte ihm zu. »Keine Angst. Aber man könnte mich womöglich wegen Beleidigung oder übler Nachrede oder Erpressung oder Androhung von Gewalt belangen.«

»Dann sollten Sie aber vorher meine Dienste in Anspruch nehmen«, meldete sich vom Flur her jemand zu Wort. Einen Augenblick später kam der Rechtsanwalt Martin Lazebnik in Nathalies Büro und grinste sie breit an. »Hallo, zusammen«, grüßte der Mann in die Runde, der eine verblüffende Ähnlichkeit mit dem Schauspieler Bela Lugosi aufwies, der Draculas Erscheinungsbild geprägt hatte wie kein Zweiter.

Innerlich musste Nathalie bei dem Gedanken den Kopf schütteln. Lazebnik sah aus wie ein berühmter Horrordarsteller, ihr Freund Fred hatte – nicht zuletzt wegen seiner Haarpracht – Ähnlichkeit mit Marc Bolan, und bei Louise' Anblick musste nicht nur sie immer wieder an Judi Dench denken. Lediglich Constable Ronald Strutner war ein Original, zumindest war ihr kein Prominenter bekannt, dem Ronald glich, der mit seinem dunklen, buschigen Schnauzbart etwas Südeuropäisches hatte.

»Also, was haben Sie vor, Nathalie?«, fragte er schließlich. »Ich will mich schon mal geistig auf den Prozess einstellen.« Wieder grinste er, als wollte er die Tragweite seiner Worte herunterspielen.

Nathalie berichtete ihm von der nächsten ›Panne‹, die sich am Landmarkt zugetragen hatte, dann sagte sie:

»Und jetzt will ich Mr Prescott um seinen Schlaf bringen, damit ich selbst morgen früh umso ausgeruhter bin.« Während Lazebnik nur mit den Schultern zuckte, weil er wohl wusste, dass er sie ohnehin nicht von ihrem Vorhaben abbringen konnte, drückte sie die Wähltaste. Sie lauschte kurz, dann meldete sich jemand.

»Mr Prescott?«, fragte sie, nachdem sie das Telefon auf Lautsprecher geschaltet hatte.

»Ja, ich warte ja auf Ihren Rückruf«, antwortete er mit nervöser Stimme.

»Reden wir nicht lange um das Thema herum«, fuhr sie forsch fort. »Womit hat Ihnen Sir Battersfield gedroht? Werden Sie nie wieder einen öffentlichen Auftrag erhalten? Keine neuen Lampen im Rathaus installieren? Keine neuen Stromleitungen in einer Schule?«

»Wie? Ich … Miss Ames, ich … ich verstehe nicht …«

»Oh doch, Mr Prescott, Sie verstehen mich, sehr gut sogar«, fiel sie ihm ins Wort und sah konzentriert auf das Telefon vor ihr auf dem Schreibtisch. Sie wusste, sie ging ein Risiko ein, aber das ließ sich jetzt nicht mehr ändern. Das Maß war voll, und sie würde nicht zulassen, dass die Eröffnung ihres Landmarkts ein weiteres Mal verschoben wurde. »Diese Aktion mit dem Bagger war pure Absicht, kein Unfall. Sie sollten …«

»Nein, nein«, unterbrach der Elektriker sie. »Das war ein Unfall. Eine unglückliche Verkettung von Umständen. Der Bagger sollte gar nicht zu Ihrem Markt gebracht werden.«

»Sondern wohin, Mr Prescott?«

»Ich … ähm … ich weiß das nicht auswendig«, antwortete er ausweichend.

»Sie wissen nicht, wo Ihr Bagger hinsollte? Ist der den ganzen Tag an drei Dutzend Baustellen im Einsatz, dass

Sie keine Ahnung haben, wo er eigentlich benötigt wird?«

»Na ja, wissen Sie, Miss Ames, es ist …«

»Nein, das weiß ich nicht, und es kümmert mich auch nicht«, unterbrach sie ihn abermals. »Aber ich werde Ihnen sagen, was ich weiß: Morgen früh um zehn Uhr wird mein Landmarkt feierlich eröffnet werden, und zwar mit Strom für die Beleuchtung, für die Brandschutz- und die Alarmanlage, für die Kassen, für einfach alles, was Strom braucht. Und Sie werden dafür sorgen, dass dieser Strom da ist. Sie haben noch fast sechzehn Stunden Zeit, um das zu bewerkstelligen. Wie Sie das machen, ist mir egal. Ob Sie aus irgendwelchen Winkeln des Landes Generatoren herschaffen oder ob Sie sich mit all Ihren Angestellten die ganze Nacht um die Ohren schlagen, um diesen Verteilerkasten wieder in Betrieb zu nehmen, kümmert mich nicht. Mich interessiert nur, dass morgen früh mein Markt wie angekündigt für meine Kunden geöffnet werden kann. Haben Sie das verstanden?«

»Sie können doch nicht …«

Nathalie ließ ihm keine Gelegenheit, irgendeinen Einwand zu formulieren. »Sollte Ihnen das nicht gelingen, wird mein Anwalt von Ihnen für jeden Tag, an dem der Markt noch geschlossen bleiben muss, fünftausend Pfund Schadenersatz für Einnahmeausfälle in Rechnung stellen.«

»Fünft…?«

»Und damit nicht genug. Mein Ex-Freund gehörte zu einer Clique von Hackern«, behauptete sie, was ihr dank ihres Ärgers wegen dieser unmöglichen Umstände gut gelang. »Er schuldet mir immer noch den einen oder anderen Gefallen, und es wird ihm ein Vergnügen sein, Ihre Kreditlinie bei Ihrer Bank auf null zu setzen, Ihre

Telefonanlage lahmzulegen, Selbstanzeigen wegen Steuerhinterziehung an Ihr Finanzamt zu schicken oder Materialbestellungen an Ihren Großhändler zu senden, bei denen der sich vor Freude über den Umsatz die Hände reiben wird. Er wird auf all Ihren Computern sämtliche Daten löschen und Ihren Betrieb für Wochen stilllegen. Dann werden Sie am eigenen Leib spüren, was Sie mir mit Ihrem verdammten Bagger angetan haben.«

»Miss Ames …«, versuchte der Elektriker einzuwerfen, doch Nathalie ließ ihn wieder nicht aussprechen.

»Morgen früh um zehn wird mein Supermarkt eröffnet«, wiederholte sie noch einmal. »Das können Sie auch gern Sir Battersfield und seinen getreuen Helfern ausrichten.« Damit legte sie auf.

Niemand sagte ein Wort, was ihr erst nach einer Weile auffiel. Vorsichtig hob sie den Kopf und erwartete, in vorwurfsvolle Mienen zu blicken, weil sie so tief gesunken war und sich zu all diesen Drohungen hatte hinreißen lassen. Doch zu ihrem Erstaunen erntete sie nur anerkennende Blicke.

»Das war verdammt gut«, lobte Louise sie.

»Zwar deutlich an allem vorbei, was man noch als ›legal‹ bezeichnen könnte«, ergänzte Lazebnik. »Aber eindrucksvoll.«

»Eigentlich müsste ich dich sofort festnehmen«, meinte der Constable. »Doch ich weiß ja, dass das nur ein Bluff war.«

»Wenn du meinst«, erwiderte sie in einem rätselhaften Tonfall, der Ronald dazu veranlasste, argwöhnisch eine Augenbraue hochzuziehen.

»Das war richtig … sexy«, fügte Fred an.

»Danke, Fred«, sagte sie. »Danke euch allen, auch wenn es mir lieber gewesen wäre, wenn ihr nicht mitbekommen hättet, wie ich einen Handwerker zum Handeln nötige.«

»Du darfst aber nicht vergessen, dass dieser ›Handwerker‹ höchstwahrscheinlich schon zuvor von unserem gemeinsamen Freund Sir Battersfield zum Handeln genötigt wurde«, wandte er ein. »Du hast nur das korrigiert, was im Vorfeld falsch gelaufen war. Hoffen wir, dass es bei Prescott Wirkung zeigt.«

»Nicht zu fassen«, sagte Jean-Louis Talradja, als er am nächsten Morgen um kurz vor zehn vom Parkplatz hinter dem Gebäude zum Vordereingang schlenderte, wo Nathalie mit den anderen zusammenstand und Fragen der Reporter beantwortete, die doch recht zahlreich erschienen waren. Sogar zwei Kamerateams waren gekommen, um über die Eröffnung des Landmarkts Homegrown Stuff zu berichten.

»… und der Sinn dieses Landmarkts ist eben, parallel zu den Wochenmärkten Produkte aus der Region in der Region anzubieten«, erklärte Nathalie soeben einer jungen Reporterin, die zumindest den Eindruck machte, an dem interessiert zu sein, was sie zu hören bekam. »Nicht jeder hat genau an dem Tag Zeit, den Wochenmarkt zu besuchen, wenn er vor der eigenen Haustür stattfindet, und den Landwirten bieten wir die Möglichkeit, ihre Produkte die ganze Woche über zu verkaufen, ohne sich selbst um den Verkauf kümmern zu müssen.«

»Und das Angebot ist immer gleich, oder …?«, fragte die Frau nach.

»Die Stände werden überwiegend von Landwirten genutzt, die ihre Produkte regelmäßig anbieten. Die übrigen Stände werden völlig flexibel zur Verfügung gestellt. Wenn nächste Woche jemand zwanzig Kisten Äpfel anbieten möchte, ruft er kurz an, und dann bekommt er einen Platz zugewiesen, sofern ein Stand frei ist.« Nathalie zuckte flüchtig mit den Schultern. »Für uns ist es erfreulich, für Spontanverkäufer dagegen gar nicht, doch wir sind für die nächsten vier Monate bereits komplett ausgebucht. Aber natürlich gibt es immer noch die Möglichkeit, sich mit einem der anderen Landwirte zu arrangieren, die wahrscheinlich nicht immer den gesamten Platz benötigen, den die Stände ihnen bieten.«

»Und es gibt nur Lebensmittel zu kaufen?«, mischte sich ein anderer Reporter ein, der Nathalie ein Smartphone unter die Nase hielt.

»Nein, wir wollen offen sein für alle, die hier im Südwesten etwas produzieren«, antwortete Nathalie und machte dabei eine ausholende Geste. »Wenn jemand Schmuck herstellt, ist er hier genauso willkommen wie ein Kleinverlag, der von Zeit zu Zeit sein Sortiment vorstellen möchte. Ich denke, wir werden im Markt sogar Lesungen veranstalten können, wenn von beiden Seiten eine entsprechende Nachfrage besteht.« Gerade wollten die Reporter sich zufrieden zurückziehen, da fügte sie hinzu: »Wenn Sie gleich den Landmarkt betreten, werden Sie noch einen besonderen Stand vorfinden. Alles, was Sie hier sehen und drinnen sehen werden, ist von einer Künstlergruppe unter der Federführung von Mr Estaire und Miss Starr geschaffen worden, denen damit ein wahres Kunstwerk gelungen ist. Um das angemessen zu würdigen, haben wir eine Ecke den Künstlern überlassen, die dort in Anwesenheit der Kunden an ihren Kunstwerken arbeiten. Das sind mal Gemälde, mal Skulpturen, mal abstrakte Gegenstände, immer abhängig davon, wer aus der Gruppe am Stand anwesend ist. Natürlich sind diese Kunstwerke auch käuflich zu erwerben. Wir werden …«

Talradja, der Nathalie zugehört hatte, grinste, als er

sah, wie sehr sie darauf achtete, dass Belle rechts neben ihr stand und Fred an Belles rechter Seite blieb. Er hielt es für einen klugen Schachzug, dass Nathalie ihre Beziehung zu Fred Estaire nicht ansprach und auch nicht durch Gesten zu erkennen gab, dass sie beide mehr verband als nur der Landmarkt. Auf diese Weise wurde sie von den Journalisten als die seriöse Geschäftsfrau wahrgenommen, die sie auch war.

Die Reporter waren gegangen, und Nathalie lächelte Talradja an, als sie ihn entdeckte. »Schön, dass du kommen konntest«, sagte sie.

»Das große Ereignis hätte ich mir doch nicht entgehen lassen«, entgegnete er. »Hieß es nicht gestern Abend noch, dass die Eröffnung verschoben werden muss, weil es keinen Strom gibt? Ronald hatte mir eine SMS geschickt, in der davon die Rede war.«

»Ja, aber ich konnte den Elektriker davon überzeugen, dass er sich seine Sabotage lieber noch mal gut überlegen sollte«, erklärte sie leise genug, um von niemandem außer J.L. gehört zu werden, erst recht nicht von den Reportern. »Und was soll ich sagen? Heute Morgen um acht stand der Verteilerkasten wieder kerzengerade und komplett verkabelt da. Entweder war der ›Unfall‹ gestern halb so schlimm und die Stromversorgung schnell wiederherzustellen. Oder die haben tatsächlich gemeinschaftlich die ganze Nacht hier zugebracht, um alles wieder in Ordnung zu bringen.«

»Ein Glück, dass wir nicht Dezember haben«, scherzte Talradja. »Sonst hätte die Truppe sich heute Morgen auch noch wegen diverser Erfrierungen behandeln lassen müssen.«

»Darüber bin ich selbst aber auch froh, denn bei sechzehn Grad und strahlendem Sonnenschein ist so eine Eröffnung eine wesentlich angenehmere Angelegenheit als bei fünf Grad, Regen und Sturm.« Sie sah sich zufrieden um. »Kaum zu fassen, dass es doch noch geklappt hat«, sagte sie. »Mein eigener Landmarkt! Und sieh dir nur an, was sich dahinten für eine Menschenmenge versammelt hat, die nur darauf wartet, dass die Tür aufgeht und alle reingelassen werden.«

»Es ist ja auch eine gute Idee«, fand der Gerichtsmediziner, fügte dann jedoch in warnendem Tonfall hinzu: »Aber sei vorsichtig!«

»Vorsichtig? Wobei?«, fragte sie irritiert.

»Na ja, du hast zwar jetzt den Markt eröffnet«, erklärte er leise, »aber dein ... Widersacher wird sich damit vielleicht nicht abfinden wollen. Wenn er die Eröffnung nicht verhindern konnte, wird er möglicherweise versuchen, deine Geschäftsidee auf andere Weise zu unterhöhlen.«

Nathalie nickte. »Ich weiß. Das habe ich nicht vergessen, und ich habe auch alle Händler dazu angehalten, auf verdächtige Gestalten zu achten. Mein Widersacher wird sogar ganz bestimmt versuchen, den laufenden Geschäftsbetrieb zu stören.«

»Das wird aber nervenaufreibend werden«, meinte Talradja.

»Nicht, wenn alle die Augen offen halten«, entgegnete Nathalie. »Außerdem hoffe ich, dass wir schon bald die Beweise in der Hand haben, die wir brauchen. Wenn wir damit an die Öffentlichkeit gehen, ist er ohnehin geliefert, und seine Kollegen werden eher einen Bogen um ihn machen, anstatt sein Erbe anzutreten und meinen Landmarkt zu ruinieren.«

»Nathalie, es wird Zeit!«, rief Louise ihr zu, die mit dem Constable und dem Anwalt in der Nähe der Eingangstür stand und auf ihre Armbanduhr zeigte.

»Oh, das hätte ich ja fast vergessen!«, sagte Nathalie

lachend und zog den Gerichtsmediziner hinter sich her. »Gibt es schon Neuigkeiten über eure unbekannte Tote?«

»Nicht allzu viele. Der Tod ist durch Herzstillstand eingetreten, aber ich weiß noch nicht, wodurch der ausgelöst wurde. Organisch war für mich nichts zu entdecken. Wenn ich erst mal mit ihrem Hausarzt reden kann, ergibt sich mit Sicherheit sehr schnell die Ursache. Ich werde nur einfach das Gefühl nicht los, sie zu kennen! »

»Die Fingerabdrücke haben nichts ergeben?«

Er schüttelte den Kopf. »Und diese Software zur Gesichtserkennung hat mir bislang auch keine Ergebnisse geliefert, aber das war bei dem aufgedunsenen Gesicht auch nicht anders zu erwarten.« Auf Nathalies fragenden Blick hin erklärte er: »Sie hat kopfüber am Hang gelegen, das Blut ist ihr in den Kopf gestiegen. Von daher …«

»Ah, verstehe«, sagte sie.

»Doch sobald ich mehr weiß, lasse ich es dich und die anderen sowieso wissen«, fügte er hinzu. »Kümmere du dich jetzt lieber um die Leute, die alle hergekommen sind, um ihr Geld bei dir loszuwerden.«

Eine Stunde nach der Eröffnung herrschte an diesem Freitagmorgen unverändert Gedränge im Landmarkt. Nathalie ging von Stand zu Stand, wechselte ein paar Worte mit den Betreibern, sofern der Kundenansturm das zuließ, und verfolgte interessiert, wie die Kunden auf das Angebot reagierten. Mit den Landwirten hatte sie sich darauf verständigt, zur Eröffnung nicht mit Preisnachlässen und Sonderangeboten zu werben, da die nur die Schnäppchenjäger angelockt hätten. Diese Leute hätten heute den Laden gestürmt, wären aber schon morgen weggeblieben. So dagegen ergab sich ein realistischeres Bild davon, wie der Landmarkt von den Leuten in Earlsraven und Umgebung angenommen wurde.

Sie schlenderte zur Künstlerecke, wo zwei Frauen aus der Künstlergruppe Interessierten den Umgang mit Acrylfarben erklärten.

Fred entdeckte sie und zwinkerte ihr zu. »Läuft richtig gut, nicht wahr?«, fragte er, als sie vor dem Stand stehen geblieben war, der – anders als der übrige Teil des Marktes – unfertig wirkte, was ursprünglich nicht so vorgesehen war. Um die Eröffnung aber nicht noch länger zu verzögern, hatten sie beschlossen, diese Ecke der Künstlergruppe zu überlassen und als »Kunstwerk in Arbeit« zu deklarieren. Das Konzept war bei Freds Kollegen gut angekommen, und nach der Menschentraube vor dem Stand zu urteilen, wollten auch die Kunden mehr über die Arbeit derjenigen erfahren, die dem Landmarkt sein einzigartiges Aussehen verliehen hatten.

Vom Fußbodenbelag, der so gestaltet war, dass man meinte, einen dichten Rasen unter den Füßen zu haben, bis hin zur Decke wirkte alles so, als bewegte man sich in der freien Natur unter einem dichten Laubdach. Die Stände waren als Skulpturen angelegt, die mal Bäume, mal Felsbrocken oder auch grasbewachsene Hügel darstellten. Dunkelgrüne Stoffstreifen an der Decke sorgten dafür, dass der Eindruck von Blättern noch verstärkt wurde, die in mühevoller, wochenlanger Detailarbeit dort oben auf den Putz gemalt worden waren. Um die beiden Fischstände herum hatten die Künstler einen See auf den Boden gemalt, der so realistisch wirkte, dass viele Kunden darauf achteten, auf den ebenfalls aufgemalten Felsbrocken zu stehen, als könnten sie sonst nasse Füße bekommen. Danach zu urteilen, wie viele der Kunden von allen möglichen Details Fotos machten, würden bald etliche Bilder auf Facebook, Instagram und Co. kursieren und zusätzlich Aufmerksamkeit auf den Markt lenken.

»Ich kann mich nicht beklagen«, sagte sie und lächelte Fred an, machte dann aber eine leicht betrübte Miene. »Ich find's nur schade, dass Mum und Dad heute nicht hier sein können. Diese verdammte Überschwemmung!« Für den eigentlich vorgesehenen Eröffnungstermin hatten ihre Eltern sich freigenommen, aber dann war der ›Wasserrohrbruch‹ dazwischengekommen, der ihre Pläne vereitelt hatte. Sie wären zwar dennoch nach Earlsraven gekommen, um Nathalie zu besuchen, doch da sie wussten, dass ihre Tochter mit dem Wasserschaden alle Hände voll zu tun hatte, wollten sie ihr nicht im Weg stehen. Der neue Eröffnungstermin war aber für sie zu kurzfristig gewesen, und nun wollten sie erst in zwei oder drei Wochen einen neuen Anlauf unternehmen.

»Tja, ich hätte sie gern kennengelernt, meine zukünftigen Schwiegereltern«, meinte Fred.

»Damit sie deine Schwiegereltern werden können, muss erst mal etwas anderes passieren. Aber bevor das passieren kann, musst du mich zunächst einmal etwas fragen, und bevor du das machen kannst, muss erst noch einige Zeit vergehen«, erwiderte sie amüsiert.

»Du sprichst in Rätseln, meine Holde«, sagte er.

Sie grinste und drohte ihm mit dem Finger. »Und für jede ›Holde‹ musst du noch mal einen Monat länger warten, merk es dir. Ich bin doch kein Burgfräulein.«

»Darüber bin ich auch sehr froh«, bekräftigte Fred. »Sonst würdest du von mir verlangen, dass ich einen Drachen töte, aber da könntest du lange warten, meine Ho...Honigsüße.«

»Honigsüße?«, wiederholte sie verdutzt.

»Na ja, ich wollte das verbotene Wort mit H vermeiden. ›Honigsüße‹ war das Einzige, was mir auf die Schnelle einfallen wollte. Außer ›Hochofen‹.«

Nathalie schüttelte ungläubig den Kopf. »Künstler!« Sie seufzte bewusst übertrieben und ging weiter. Sie sah Louise und Ronald, die in ein Gespräch mit einem Ehepaar vertieft waren. Lazebnik stand bei der Gruppe, schien aber mit den Gedanken woanders zu sein. Am ehesten bei Louise, wenn Nathalie seine Blickrichtung richtig deutete. Unwillkürlich musste sie leise lachen. Irgendwie würden die beiden ganz gut zusammenpassen, fand sie.

»Schadenfreude ist die schönste Freude«, sagte auf einmal jemand neben ihr. »Oder …?«

Sie drehte den Kopf zur Seite und stellte fest, dass sich J.L. wieder zu ihr gesellt hatte. »Nein, keine Schadenfreude. Ich bin einfach nur zufrieden.«

»Es freut mich für dich, dass die Leute den Landmarkt so gut annehmen«, erklärte er. »Ist hier eigentlich auch ein Händler, der Pilze im Angebot hat?«

»Nicht, dass ich wüsste, aber ich habe auch nicht den vollständigen Überblick«, antwortete sie. »Da müsstest du wohl Fred fragen. Als Manager sollte er eigentlich wissen, wer was verkauft. Wieso ausgerechnet Pilze?«

»Weil ich gerade eine Mail vom Labor erhalten habe.« Er deutete mit einer Kopfbewegung auf das Smartphone in seiner Hand. »Unsere Unbekannte von Pelham Woods ist an einer Pilzvergiftung gestorben. Nur ist dieser Pilz, der bei ihr in auffallend hoher Dosierung nachgewiesen wurde, bei uns gar nicht heimisch. Da frage ich mich …«

»… wer nimmt einen Giftpilz auf eine Wanderung mit?«, führte Nathalie seinen Satz zu Ende.

»Ganz genau.«

»Vielleicht wäre die Frage leichter zu beantworten,

wenn wir wüssten, wer die Tote ist«, gab Nathalie zu bedenken.

»Den Gedanken hatte ich auch schon, nur bringt der uns nicht weiter«, sagte Talradja. »Wir konnten nichts finden, was irgendeinen Hinweis darstellen könnte. Die Kleidung besteht entweder aus Markenartikeln, die man in Filialen von Dublin bis Peking kaufen kann und die überall gleich aussehen, oder aus namenlosen T-Shirts. Wir haben Lazebnik das Smartphone überlassen, damit er es einem seiner ›Fachleute‹ geben kann.«

»Warum dieser Umweg?«, fragte sie etwas irritiert. »Warum hast du es dem Experten nicht selbst übergeben?«

»Weil unser werter Herr Anwalt uns nicht sagen will, wer für ihn arbeitet. Er hat es zwar nicht ausdrücklich gesagt, aber damit ist klar, dass sich sein Spezialist wohl nicht immer ganz legaler Mittel bedient.«

Nathalie nickte verstehend. »Na, dann können wir ja nur hoffen, dass sein Bekannter Erfolg hat. Wenn ihr auf die Handydaten zugreifen könnt, sollte schnell klar sein, wer die Tote ist.«

»Ansonsten wird Ronald wohl ein Foto von ihr an die Zeitungen geben müssen. Vielleicht erkennt sie ja jemand wieder.« Er sah an ihr vorbei zur Ecke, in der die Künstler tätig waren. »Ich lasse dich mal allein; mein Typ wird verlangt.«

»Grüß Belle von mir«, sagte sie und zwinkerte ihm zu.

»Ist das so offensichtlich?«, fragte er erstaunt.

»Mein lieber J.L.«, erwiderte sie und legte eine Hand auf seine Schulter. »Du bist in der Lage, anhand mikroskopisch kleiner Partikel festzustellen, womit jemand umgebracht wurde. Meinst du, dass es mir bei deiner alles andere als mikroskopischen Größe *nicht* auffällt, wie oft du dich in Belles Nähe aufhältst, mit ihr redest und dir von ihr Dinge erklären lässt? Lad sie doch zum Kaffee ein oder zum Essen oder zu sonst etwas. Solange du bei eurem Date nicht erzählst, wie du erst kurz zuvor eine Leiche aufgeschnitten hast, wird sie bestimmt nicht vor dir die Flucht ergreifen.«

Der Gerichtsmediziner schaute skeptisch drein. »Meinst du wirklich?«

»Ja, meine ich. Und jetzt geh schon!« Sie gab ihm einen kleinen Schubs.

Nathalie sah ihm hinterher und bemerkte Belles strahlendes Lächeln, als J.L. zu ihr ging. Nathalie war sich schon fast sicher, dass nichts mehr geschehen würde, das ihr diesen Tag verderben könnte, da kam von rechts wie aus dem Nichts ein Mann auf sie zu, dessen Lächeln so falsch war wie das schief sitzende Toupet auf seinem Kopf. Er mochte Mitte fünfzig sein, aber das Haarteil ließ ihn älter erscheinen. Sein Anzug war zweifellos von einem der Schneider in der Savile Row angefertigt worden, da jedes italienische Designermodell vor diesem stattlichen Bauch kapituliert hätte. In der linken Hand hielt er einen Stock, der nur Zierde sein konnte, da es Nathalie kaum möglich erschien, sich auf dem silbernen Knauf aufzustützen, der einen Fuchskopf mit aufgestellten Ohren darstellte. Der Mann machte auf sie den Eindruck, als wäre er es gewohnt, andere Leute durch seine bloße Anwesenheit einzuschüchtern und mundtot zu machen, doch genau das weckte Nathalies Kampfgeist. Was immer dieser Mann von ihr wollte, es schien nichts Gutes zu sein.

»Sie müssen Miss Ames sein, richtig?«, fragte er und hielt ihr die Hand hin. »Eine der Reporterinnen, die mich interviewt hat, konnte es mir sagen.«

Er ist also wichtig oder hält sich für wichtig, ging es

Nathalie durch den Kopf. Eher schien ihr Letzteres der Fall zu sein, da der Mann es für erforderlich erachtete, sein Interview zu erwähnen. Sie ergriff die angebotene Hand. »Ich bin tatsächlich Nathalie Ames. Und Sie sind …?«

Für einen winzigen Moment kam es ihr so vor, als ränge der Mann kurz um seine Fassung, weil sie ihn nicht erkannt hatte, doch sogleich setzte er wieder das falsche Lächeln auf.

»Sir Alfred Battersfield«, sagte er in einem umgänglichen Tonfall. »Sie haben vielleicht schon mal von mir gehört.«

»Battersfield? Sie arbeiten in der Regionalverwaltung, richtig?«, erwiderte Nathalie beiläufig.

Das aufgesetzte Lächeln wurde noch etwas starrer, da ihre Bemerkung ihm sichtlich einen Stich versetzt hatte, was auch genau ihre Absicht gewesen war.

»Kann man so sagen«, gab er zurück und räusperte sich. »Ich bin hergekommen, um Ihnen zu Ihrer Geschäftsidee zu gratulieren. Wir brauchen hier Leute wie Sie, die das Potenzial der Region nicht nur erkennen, sondern auch einzusetzen wissen. Ein solcher Landmarkt macht genau das, Miss Ames. Ich wünsche Ihnen alles Gute und viel Erfolg.«

»Vielen Dank, Mr Battersfield«, antwortete sie und war froh darüber, dass sie sich so gut im Griff hatte. Jedes einzelne Wort, das über seine Lippen gekommen war, war geheuchelt. Ihr Landmarkt stand seinen Absichten im Weg, und er hätte ihn lieber heute als morgen mit der Abrissbirne dem Erdboden gleichgemacht. Und trotzdem war Battersfield hier und wünschte ihr scheinheilig viel Erfolg!

»Sie können ruhig Sir Alfred sagen«, erklärte er fast gönnerhaft, als wäre der förmliche Titel eine viel persönlichere Anrede. »Lassen Sie mich Ihnen einen Rat mit auf den Weg geben, den Sie sich als frischgebackene Geschäftsfrau vielleicht zu Herzen nehmen möchten. Ich sage mir immer: ›Rechne mit dem Schlimmsten, dann kannst du nie enttäuscht werden.‹ Es kann nur besser kommen als befürchtet.«

»Ein interessanter Ratschlag, Mr Battersfield«, merkte sie mit dem gleichen falschen Lächeln an, was ihr jedoch schwerfiel, da es nicht ihre Art war, sich hinter einer Maske zu verstecken. »Aber genau genommen bin ich gar keine so frischgebackene Geschäftsfrau. Mir gehört das Black Feather in Earlsraven, müssen Sie wissen.«

»Tatsächlich?« Der Politiker täuschte sehr überzeugend Erstaunen über diese Tatsache vor. »Das war mir gar nicht bekannt. Das Black Feather in Earlsraven, sagen Sie?«

Nathalie legte den Kopf ein wenig schräg. »Ja, richtig. Verraten Sie mir, Mr Battersfield, was ist für Sie das Schlimmste, mit dem Sie immer rechnen, um nicht enttäuscht zu werden?«

»Das ist leider ganz einfach zu beantworten. Für mich wäre es das Schlimmste, als Politiker zu scheitern und mir dann vorhalten lassen zu müssen, dass ich mit meiner – in diesem Fall offenbar verfehlten – Politik anderen geschadet habe.«

»Na, wenn es tatsächlich mal dazu kommen sollte«, entgegnete sie im Spaß, »dann biete ich Ihnen gern einen Aushilfsjob an. Hier werden immer Leute gebraucht, die kräftig genug sind, um Kisten mit Obst und Gemüse zu schleppen.«

»Darauf werde ich zurückkommen«, sagte Battersfield, nachdem sein bellendes Gelächter verstummt war. »Aber was, wenn bis dahin der Blitz in Ihren Supermarkt eingeschlagen hat und nur noch eine qualmende

Ruine übrig ist? Was wohl so ziemlich das Schlimmste sein dürfte, was Sie sich vorstellen könnten, um von der Realität nicht enttäuscht zu werden.«

Mit einer Hand beschrieb sie eine abwiegelnde Geste. »Ich glaube, eher strauchelt ein Politiker und verliert sein Amt, bevor der Blitz in meinen Landmarkt einschlägt.«

»Sagen Sie das nicht so leichtfertig dahin, Miss Ames«, warnte der Politiker sie mit kaltem Lächeln. »So etwas kann schneller passieren, als man glauben möchte.«

»Ja, davon können die vielen gestrauchelten Politiker ein Lied singen«, entgegnete Nathalie, die nicht vorhatte, sich von dem Mann unterkriegen zu lassen.

Battersfield warf einen Blick auf seine viel zu klobige Uhr, die vermutlich in erster Linie auffallen sollte. »Tja, meine zahlreichen anderen Verpflichtungen rufen mich, Miss Ames«, erklärte er und schüttelte ihr wieder die Hand. »Sie wissen ja, was ich Ihnen wünsche«, fügte er hinzu und wandte sich zum Gehen.

»Das kann ich mir denken, Mr Battersfield«, erwiderte sie und sah ihm kopfschüttelnd hinterher.

»Dass Battersfield die Dreistigkeit besitzt, auch noch in deinem Markt aufzutauchen, ist unglaublich«, sagte Fred, als sie am frühen Abend alle im Pub beisammensaßen. Noch herrschte gähnende Leere, doch der Eindruck täuschte, denn schon in einer Stunde war Anstoß für ein Spiel der Premiere League, das als Vorentscheidung für die Meisterschaft gehandelt wurde. Die Fußballfans würden spätestens in einer halben Stunde den Pub stürmen, um sich das Spiel mit ihren Freunden anzusehen – und das, obwohl der auf der Theke platzierte Fernseher mit Sicherheit deutlich kleiner war als alles, was jeder

Einzelne der Fußballfans in seinem Wohnzimmer stehen hatte. Offenbar verlor ein HD-Bild völlig an Bedeutung, wenn man stattdessen seine Freunde um sich haben und die gute Stimmung im Pub genießen konnte.

»Unglaublich dreist«, stimmte Louise ihm zu, »aber auch geschickt. Er hat sich im Landmarkt persönlich blicken lassen, er hat Nathalie die Hand gegeben und ihr viel Erfolg gewünscht. Das ist das, was die Leute gesehen haben und woran sie sich erinnern werden.«

»Vor allem wird es jetzt noch gefährlicher für dich, Nathalie«, warf Ronald warnend ein. »Seit du den Elektriker unter Druck gesetzt hast, damit er den Verteilerkasten repariert, weiß Battersfield, dass du weißt, was gespielt wird. Selbst wenn Mr Prescott ihm gegenüber nicht erwähnt hat, dass sein Name gefallen ist, ist Battersfield intelligent genug, um zu wissen, dass du den Unfall als inszeniert durchschaut hast. Er wird dich jetzt noch genauer unter die Lupe nehmen und nach einer Gelegenheit suchen, dir zu schaden.«

»Das ist doch gut«, sagte Nathalie und lächelte Fred an, als der nach ihren Händen griff, um sie sanft zu drücken. »Auf diese Weise konzentriert er sich auf mich, und während er darauf wartet, dass ich irgendetwas gegen ihn unternehme, könnt ihr ungestört nach etwas suchen, mit dem *wir ihm* schaden können. Besser geht es doch gar nicht.«

J.L. schüttelte den Kopf. »Ich halte das für keine gute Idee. Ich fürchte, du lebst ab jetzt noch gefährlicher.«

»Wir werden alle auf dich aufpassen«, versprach Fred ihr, und die anderen nickten bekräftigend.

»Das ist wirklich lieb von euch, und ich weiß das auch zu schätzen«, erwiderte Nathalie. »Aber jeder von euch hat seine Arbeit zu erledigen, und ihr könnt nicht einfach alles stehen und liegen lassen, nur damit ihr um mich herum einen Schutzschild bildet.« Sie schüttelte den Kopf. »So bald wird Battersfield nichts tun, jedenfalls nichts, was mich ernstlich in Gefahr bringen könnte. Er wird vielmehr versuchen, mich zu zermürben, damit ich irgendwann von selbst aufgebe und den Markt wieder verkaufe.«

»Er hat Forrester töten lassen«, hielt Ronald dagegen. »Mit Mordaufträgen scheint er kein Problem zu haben. Warum sollte er sich bei dir anders verhalten?«

»Der Enthüllungsjournalist war ein anderes Kaliber«, erwiderte Nathalie nachdrücklich. »Der Mann stand zweifellos kurz davor, Battersfield zu entlarven, seine wahren Machenschaften publik zu machen und ihn so zu Fall zu bringen. Wir sind für ihn nur kleine Fische, die ihm gerade ein bisschen den Weg versperren. Er weiß ja nicht, dass wir im Besitz aller Unterlagen sind, die Forrester über ihn zusammengetragen hat.«

»Ich wäre trotzdem sehr, sehr …« Talradja unterbrach sich, stieß den Constable an und zeigte auf den kleinen Fernseher auf der Theke. »Sieh dir das mal an, da! Da! Ronald, das ist sie!«

»Wer? Was?«, rief Ronald erschrocken. »Wo ist wer?«

»Da, im Fernsehen! Das ist sie! Unsere unbekannte Tote! Ich wusste doch, dass ich sie kenne!«

»Henry, stell bitte den Ton an!«, rief Louise dem jungen Aushilfskellner hinter der Theke zu, während sie sich umwandte.

Der Kellner griff nach der Fernbedienung und drehte die Lautstärke auf.

»*… fehlt noch immer jede Spur von der Kultköchin Keetje Koopmans*«, sagte ein Sprecher, während neben dem Foto der Vermissten Szenen aus einer Kochshow gezeigt wurden. »*Die Produzenten von* Hottie in da Kitchen *werden sich nun an die Polizei wenden, um die Suche nach Koopmans* *auszuweiten. Wenn jemand Keetje Koopmans in den vergangenen sechs Tagen gesehen hat oder etwas über ihren momentanen Aufenthaltsort sagen kann, wird er gebeten, mit der nächsten Polizeidienststelle Kontakt aufzunehmen.*«

»Damit wäre diese Frage geklärt«, murmelte Ronald.

»Damit stellt sich aber auch die nächste Frage«, ergänzte Louise. »Warum sollte ausgerechnet eine Starköchin auf die Idee kommen, einen Giftpilz zu essen?«

Drittes Kapitel, in dem das Internet interessante Erkenntnisse liefert

»Was ist *Hottie in da Kitchen?*«, fragte Lazebnik, der von den anderen unbemerkt den Pub betreten hatte und an den Tisch gekommen war. Sein Blick war dem der anderen gefolgt, und so hatte auch er die Meldung mitbekommen.

»*Hottie in da Kitchen* ist die angesagteste Kochsendung, die momentan läuft«, antwortete Talradja und deutete auf den freien Stuhl, damit der Anwalt sich zu ihnen setzte. »Diese Keetje Koopmans kommt aus Rotterdam. Die Frau ist heißer als alles, was in einer Küche zubereitet wird. Das ist keine Kochshow, das ist ein … ach, ich möchte fast sagen, das ist ein sinnliches Erlebnis. Wenn sie Tomaten schneidet oder etwas im Kochtopf umrührt, wirkt das nie so, als machte sie einfach ihre Arbeit, sondern als ginge sie ganz in dieser Betätigung auf.

Wenn sie mal Soße oder flüssige Schokolade am Finger hat und lutscht den ab, dann … Und dazu dieser Augenaufschlag …«

»Das klingt für mich so, als peppte die Frau ihre Show mit Sex ein bisschen auf, weil sonst keiner hinsehen würde«, meinte Lazebnik, der davon sichtlich nicht angetan war.

»Nein, das siehst du falsch, Martin«, gab der Gerichtsmediziner zurück und stutzte. »Hoppla, entschuldigen Sie, Mr Lazebnik, das ist mir gerade so rausgerutscht.«

»Macht nichts«, sagte der Anwalt. »Ich habe damit kein Problem, wenn wir zum Du wechseln.« Er lächelte vorsichtig in die Runde. »Das gilt für alle hier.«

Die anderen nickten zustimmend, dann fuhr J.L. fort: »Wie gesagt, das siehst du falsch. Du musst dir einfach mal ein paar Sendungen ansehen, dann wirst du verstehen, was ich meine. Sie macht keine anzüglichen Bemerkungen, sie gibt keine schlüpfrigen Kommentare von sich, wenn sie mit den Lebensmitteln hantiert. Einmal hat sie zwar eine Wette verloren und deswegen eine ganze Sendung nur mit ihrer Schürze bekleidet moderiert, aber das hat sie sehr charmant gemacht.«

»Da kennt sich aber jemand aus«, zog Louise ihn auf.

»Na ja, wenn du im Labor rumsitzt und nichts anderes tun kannst, als darauf zu warten, dass die Geräte endlich die Blutwerte irgendeines Toten ausspucken, damit du bestimmte Medikamente oder Krankheiten nachweisen kannst, dann bleibt dir als Ablenkung kaum eine andere Wahl, als den Fernseher einzuschalten. Und wenn um die Zeit gerade so was läuft, bleibe ich da auch schon mal hängen.«

»Dann müsstest du ja inzwischen ein Meisterkoch sein«, scherzte Nathalie.

»Ganz im Gegenteil.« J.L. winkte ab und verzog den Mund. »Seit ich *Hottie in da Kitchen* gucke, weiß ich, dass mir beim Kochen jegliche Sinnlichkeit abgeht. Da stell ich lieber was in die Mikrowelle, damit ich mir das nicht jedes Mal selbst vor Augen führe.«

Leises Lachen machte sich am Tisch breit, doch dann kehrte plötzlich betretene Stille ein, und auch J.L. wurde schlagartig ernst. Offenbar war ihm gerade erst aufgegangen, dass Keetje Koopmans nie wieder auf ihre unvergleichlich sinnliche Art kochen würde.

Ronald räusperte sich und stand auf. »Ich geh mal kurz raus, um die Kollegen anzurufen, damit sie nicht länger nach der Vermissten suchen müssen.«

Kopfschüttelnd murmelte der Gerichtsmediziner: »Diese Vorstellung, dass ich sie aufgeschnitten habe, um nach dem Grund für ihren Tod zu suchen … und dass ich nicht erkannt habe, wen ich da vor mir habe …«

»Du hättest sie deswegen nicht anders behandelt, J.L.«, sagte Louise, die neben ihm saß und eine Hand auf seinen Unterarm legte. »Egal, wer bei dir auf dem Stahltisch liegt, du gehst mit jedem Toten respektvoll und würdevoll um. Und dass du sie nicht erkannt hast, ist sicher kein Grund, niedergeschlagen zu sein. Die wenigsten Leute, die im Fernsehen auftreten, erkennt man ohne Schminke wieder. Und man rechnet schon gar nicht damit, dass sie tot und mit aufgedunsenem Gesicht vor einem liegen. Machen wir uns lieber über andere Dinge Gedanken. Wie ich eben schon sagte: Wieso sollte ausgerechnet eine Starköchin auf die Idee kommen, einen Giftpilz zu essen?«

Nathalie schüttelte den Kopf. »Mich musst du da nicht fragen. Ich kann bestenfalls noch einen Champignon erkennen, wenn ich den, in Scheiben geschnitten, auf meiner Pizza liegen sehe. Alle anderen Pilze sind für mich ein Rätsel hoch drei. Ich könnte mir Dutzende Fotos ansehen, und trotzdem würde ich wohl einen Knollenblätterpilz pflücken und essen, wenn man mich ohne fremde Hilfe auf so was loslassen würde.«

»Das ist wirklich eine Wissenschaft für sich«, warf Lazebnik ein.

»Im Fall von Keetje Koopmans sieht das Ganze noch etwas seltsamer aus«, meldete sich der Gerichtsmediziner zu Wort, der sich wieder ein wenig gefasst hatte. »Die Frage ist nicht nur, wieso sie als Spitzenköchin einen Giftpilz isst. Davor wäre erst einmal zu klären, wo sie einen Giftpilz gepflückt haben soll, der hier in unserer Gegend nicht heimisch ist. Es wird ja wohl niemand auf die Idee kommen, irgendwo im Norden Pilze zu pflücken, dann quer durchs Land zu fahren und da während einer Wanderung die Pilze zu essen.«

»Stimmt, das hast du mir ja schon im Landmarkt gesagt«, erwiderte Nathalie. »Was hat es denn mit diesem Pilz auf sich?«

»Es handelt sich dabei um die sogenannte Frühjahrs-Giftlorchel. Ich will jetzt nicht die diversen Symptome aufzählen, die einen ereilen, wenn man den Pilz verzehrt. Es reicht, wenn ich sage, dass er in entsprechenden Mengen zum Tode führen kann, wenn man ihn roh oder nicht ausreichend erhitzt zu sich nimmt. Man kann den Pilz kochen, das Wasser wechseln, dann noch mal kochen und das Ganze ein paarmal wiederholen, dann könnte man ihn essen. Wie gesagt, man kann, aber man sollte es besser nicht. Allein schon die Dämpfe können beim Einatmen eine Vergiftung herbeiführen und den Koch töten. Ungefährlich sollen auch getrocknete Giftlorcheln sein, doch ich würde selbst dieses Risiko nicht eingehen wollen.«

Ronald, der inzwischen seinen Anruf erledigt hatte,

kratzte sich am Kopf. »Ich glaube kaum, dass ein Gaskocher ausreicht, um einem solchen Pilz das Gift auszutreiben.«

»Ganz sicher wird der nicht ausreichen«, stimmte Louise ihm zu. »Jedenfalls würde ich mich nicht darauf verlassen.«

»Aber warum hat Miss Koopmans sich darauf verlassen?«, wunderte sich Fred. »So was sollte eigentlich jemand wissen, der im Fernsehen auftritt und Millionen Zuschauern erklärt, wie sie ein Gericht zubereiten müssen.«

»Das Ganze ergibt keinen richtigen Sinn«, überlegte Nathalie laut. »Die Frau geht auf eine Wanderung, auf der sie nur einen Gaskocher zur Verfügung hat, um ihr Essen zu erhitzen, und dann nimmt sie auch noch Giftpilze mit? Warum? Doch nicht, weil sie diese Art Pilz hier nicht finden kann.«

»Passen dazu denn eigentlich die Umstände, unter denen die Tote entdeckt wurde?«, fragte Lazebnik.

»Ja, daran ist nichts verdächtig«, antwortete der Gerichtsmediziner. »Das Gift kann Störungen des Zentralnervensystems auslösen, die unter anderem zu einem Delirium führen können. In diesem Zustand treten Wahnvorstellungen auf, und da passt es durchaus, dass sie aus dem Zelt gekommen und einfach losgerannt ist, weil irgendwelche eingebildeten Ungeheuer hinter ihr her waren. Sie hat am Hang den Halt verloren, ist runtergefallen und konnte sich nicht mehr aus eigener Kraft aufrappeln.«

»Also muss sie nicht zwangsläufig von jemandem gestoßen worden sein?«, folgerte der Anwalt.

»Nein, da ist keinerlei Fremdeinwirkung nötig gewesen.«

»Aber wir können sie auch nicht ausschließen«, wandte Ronald ein.

»Ich denke, wenn Fremdeinwirkung im Spiel gewesen ist, dann hat die vorher stattgefunden«, sagte Nathalie. »Die Pilze. Jemand hat sie ihr womöglich untergeschoben.«

»Das wäre denkbar, aber dafür müssten wir erst mehr über diese Miss Koopmans in Erfahrung bringen«, gab Louise zurück. »Mit wem hatte sie zu tun? Wer wusste davon, dass sie hier auf großer Wanderung war? Wer hätte ein Interesse daran, sie umzubringen?«

Der Constable zuckte mit den Schultern und lächelte flüchtig. »Du nimmst mir die Worte aus dem Mund. Dann werde ich mich mal an die Arbeit machen und Miss Hottie durchleuchten«, sagte er und stand auf.

»Wir werden dir natürlich helfen, Ronald«, meinte Nathalie und sah in die Runde.

»Selbstverständlich werden wir das«, bestätigte Louise. »Wenn das Spiel gleich losgeht, wird außer Kartoffelsuppe sowieso nichts mehr bestellt, und die kann auch Henry aus dem Topf schöpfen. Dafür werde *ich* nicht gebraucht.«

Es war inzwischen deutlich voller geworden, aber bis zum Anpfiff waren es noch ein paar Minuten, und Nathalie wusste inzwischen aus Erfahrung, dass viele Gäste erst spät kamen, etliche von ihnen sogar erst, wenn das Spiel begonnen hatte. Das war ein raffinierter Trick, denn die Tür zum Pub befand sich vorn auf Höhe der Theke, und wer das volle Lokal betrat, ging dann nicht nach hinten, sondern schob sich geschickt zwischen die Gäste, die im Thekenbereich standen und die Partie verfolgten.

»Ähm, also …« Fred sah seltsam Hilfe suchend um

sich. »Ich dachte eigentlich, dass wir uns das … na ja … das Spiel auch … ähm … du weißt schon, Nathalie.«

Sie kniff die Augen zusammen und warf ihrem Freund einen Blick zu, der ihn zusammenzucken ließ. Als sie seine Reaktion sah, musste sie lachen. »Das hat gewirkt, wie?«, fragte sie amüsiert.

Fred atmete erleichtert auf. »Ich dachte gerade, du willst mich auffressen«, murmelte er und schaute sich wieder um.

»Tja, also … ich bin auch wegen des Spiels hergekommen«, sagte Lazebnik, klang jedoch ein wenig unschlüssig, als wäre er sich nicht sicher, ob das jetzt wirklich die richtige Bemerkung gewesen war.

»Ich auch«, verkündete J.L. daraufhin, was sich bei ihm ganz selbstverständlich anhörte. »Ich habe für heute genug getan.«

»Schäm dich«, sagte Louise, zwinkerte ihm aber gleichzeitig zu. »Uns einfach so im Stich zu lassen, nur um Fußball zu gucken.«

»Wir können ja auch …«, begann Fred, der sich abermals verunsichert fühlte.

»Gar nichts werdet ihr drei«, unterbrach ihn Nathalie. »In meinem Büro gibt es sowieso nur meinen PC, den zweiten Laptop und das Tablet. Mehr als drei Leute können also gar nicht gleichzeitig recherchieren. Außerdem sind Ronald, Louise und ich ein eingespieltes Team.«

»Genießt euer Spiel«, sagte Louise zu den dreien, als sie hinter Nathalie und Ronald den Pub in Richtung Büro verließ. »Möge der Bessere gewinnen!«

»Solange das unser Verein ist, ja«, gab J.L. zurück.

Nach etwas mehr als einer Stunde Internetrecherche und Datenbanksuche zogen Nathalie, Louise und Ronald Zwischenbilanz.

»Also dann«, begann Nathalie. »Keetje Koopmans wäre nächsten Mittwoch dreiunddreißig Jahre alt geworden. Sie wurde in Rotterdam geboren, hat aber immer nur drei bis vier Jahre an einem Ort verbracht, da ihr Vater, Dirk-Jan Koopmans, als Chefkoch kreuz und quer durch die Niederlande gezogen ist, um schwächelnden Restaurants neues Leben einzuhauchen. Sobald das Ziel erreicht war, wurde es ihm langweilig, und die Familie musste umziehen. Mit fünfundzwanzig hat Keetje ihr erstes eigenes Restaurant eröffnet; ihre Eltern sind nach Aruba ausgewandert, wo sie offenbar heute noch leben. Keetje hat mit Kochsendungen für Kinder ihre Fernsehkarriere begonnen, und ab da liest sich ihr Leben als eine durchgehende Erfolgsgeschichte. Vor drei Jahren bekam sie vom britischen Fernsehen eine perfekt auf sie zugeschnittene Kochshow angeboten, nämlich *Hottie in da Kitchen*, nachdem sie in einem Branchenblatt als ›Hottie – heißer als jeder Backofen‹ angepriesen worden war.«

»Möchte wetten, dass sich das ein Mann ausgedacht hat«, warf Louise kopfschüttelnd ein.

»Mag sein, doch sie war diejenige, die sich selbst dadurch zu einer Marke gemacht hat«, sagte Ronald. »Ich wollte das erst nicht glauben, weil ich dachte, das Zeug heißt nur zufällig so, aber … Miss Koopmans hatte eine eigene Make-up-Linie, eine Modekollektion von Wintermänteln bis hin zu Dessous, und es gibt jedes Küchengerät, das mir jemals untergekommen ist, mit ihrem Namen und ihrem Gesicht darauf. Das ist fast so was wie ein eigener Konzern.«

»Das nenne ich geschäftstüchtig«, meinte Nathalie. »Sie hat es verstanden, sich zu verkaufen. So was könnte Neider auf den Plan gerufen haben.«

»Danach suche ich bereits«, erwiderte der Constable.

»Aber wenn ich das richtig sehe, verfügt so ziemlich jeder etablierte Fernsehkoch über eine solche Produktlinie. Da wird ein Mord nicht viel bringen – Neid hin oder her –, weil jeder von ihnen seine Fans hat, die sich nach Miss Koopmans' Tod nicht einfach einem anderen Koch zuwenden werden.«

»Vermutlich hast du recht«, sagte Louise. »Doch wir könnten vielleicht Paige fragen, ob sie uns Zahlen aus dem Buchhandel liefern kann. Sicher weiß sie, welche Kochbücher von welchem Fernsehkoch besonders oft verkauft werden und welche wie Blei in den Regalen liegen. Oder wir stoßen sogar auf einen direkten Konkurrenten.«

»Gute Idee.« Ronald schlug den Block um und notierte das auf dem nächsten freien Blatt. »Das werde ich gleich morgen früh erledigen. Mal sehen, was Paige mir sagen kann. Louise? Was hast du herausgefunden?«

»Also, ich konnte in den Promi-Meldungen nichts Verdächtiges finden«, entgegnete sie. »Keetje Koopmans taucht zwar so gut wie überall auf, sodass man manchmal das Gefühl bekommt, sie hätte sich an zwei Orten gleichzeitig aufgehalten, aber in keiner Meldung ist von Streitigkeiten oder irgendwelchen Schwierigkeiten die Rede. Wenn sie mit jemandem Ärger hatte, dann entweder in einer komplett privaten Angelegenheit, oder die Sache wurde von beiden Seiten hinter verschlossenen Türen ausgetragen, sodass nicht mal die Haushälterin etwas mitbekommen hat.«

»Was für ein Albtraum für jeden Klatschreporter!«, bemerkte Ronald ironisch. »Eine Prominente ohne Skandale. Dass es so was überhaupt gibt! Mich wundert, dass die Presse nicht einfach irgendwas erfunden hat, um über Keetje schreiben zu können.«

»Das hat die *Golden Gazette* versucht, eines dieser

Klatschblätter«, sagte Louise. »Aber ohne Erfolg. Miss Koopmans hat denen sofort ihre Anwälte auf den Hals gehetzt und mit einer Millionenklage gedroht. Das Ende vom Lied war eine große, ausführliche Entschuldigung auf der Titelseite, nicht irgendwo auf Seite sechsundvierzig unten rechts unter ferner liefen. Danach brachen die Verkaufszahlen so ein, dass das Blatt eingestellt werden musste.«

»Beachtliche Leistung«, fand Nathalie. »Das dürfte die Konkurrenz vorsichtig gemacht haben. Und ist die Erklärung dafür, warum es auch keine aufgebauschten Skandalgeschichten gibt, nur weil sie mal bei Rot über die Straße gegangen ist.«

Ronald blätterte in seinem Notizblock, murmelte etwas vor sich hin, dann sagte er leise: »Ah. Sollte sie irgendwo mal bei Rot rübergegangen sein, dann hat das zumindest kein Polizist gesehen. Mit dem Gesetz ist sie jedenfalls weder hier noch in den Niederlanden aneinandergeraten. Ein unbeschriebenes Blatt. Eine mustergültige Bürgerin«, fügte er hinzu. »Oder eine Frau, die sich nie hat erwischen lassen.«

»Also gibt es bis auf die *Golden Gazette* augenscheinlich niemanden, der Grund hatte, sich an ihr zu rächen«, sagte Nathalie. »Wie lange ist die Sache her?«

»Das war unmittelbar, nachdem *Hottie in da Kitchen* auf Sendung gegangen war«, antwortete Louise. »Es dürfte nicht sehr wahrscheinlich sein, dass jemand sich nach so vielen Jahren noch an ihr gerächt hat. Gut, ausschließen kann man das nie, aber man sollte doch davon ausgehen können, dass so etwas eher als Kurzschlussreaktion kurz nach dem Bekanntwerden der Verlagsschließung geschehen würde, und nicht …«

»Warte mal, Louise«, unterbrach Nathalie sie. »Nicht der ganze Verlag musste schließen, es wurde nur die Redaktion für die *Golden Gazette* aufgelöst … aber da war doch noch was … wartet mal!« Nathalie durchsuchte die Texte, die sie von den verschiedenen Websites gespeichert hatte. »Ja, richtig, das hatte ich nur flüchtig gelesen. Keetje hat nach der Schließung der *Gazette*-Redaktion allen Mitarbeitern eine Stelle in der Redaktion angeboten, die ihr Kochbuchverlag für ein monatlich erscheinendes *Hottie*-Magazin eingerichtet hatte. Das Magazin gibt es noch immer.«

»Damit hatte also niemand aus der damaligen Redaktion einen Grund, sich an ihr zu rächen«, bemerkte Ronald und kniff einen Moment lang die Augen zu. »Vielleicht ein verrückter, zurückgewiesener Fan?«

»Möglicherweise«, stimmte Louise ihm zu. »Dazu müssten wir mit jemandem reden, der etwas zu ihr sagen kann. Ein Manager, ein Agent. Wir müssten ihre E-Mails einsehen. Was ist mit Facebook und Co.?«

»Auf Facebook ist sie angemeldet«, sagte Nathalie. »Auf ihrem Profil gibt es nur den Hinweis, dass sie für ihre Fans eine Gruppe eingerichtet hat, doch da habe ich schon mein Glück versucht – dort kommen wir nicht einfach rein, um uns umzusehen. Wir müssen erst ihrer Gruppe beitreten, um den Inhalt sehen zu können. Den Button *Beitreten* habe ich zwar vor über einer Stunde angeklickt, aber da tut sich nichts. Ich vermute, sie hat das in Eigenregie gemacht, und da sie nun tot ist, laufen die Beitrittsanfragen bei ihr auf.«

»Hat sie keine eigene Website?«, wollte Ronald wissen.

»Doch, aber die verweist auf Facebook.« Nathalie verzog missmutig den Mund. »Solange da keine Antwort kommt, sehen wir nichts, was sie ihren Fans mitgeteilt hat und was vielleicht einen von ihnen hat durchdrehen lassen.«

»Moment mal, wir können doch sicher sehen, wer Mitglied in der Gruppe ist, richtig?«

»Ja, aber was haben wir davon?«

»Na, wenn wir sehen können, wer Mitglied in Keetjes Gruppe ist, dann sind wir in der Lage, uns die Namen anzeigen zu lassen und nach Leuten zu suchen, die wir kennen. Wenn wir einen finden, können wir ihn vielleicht dazu überreden, uns sein Passwort zu verraten, und damit können wir über seinen Account auf die Seite gehen, auf der ihre Gruppe zu finden ist.«

»Das klingt zwar einleuchtend, aber diese Fangruppe hat fast fünfundsiebzigtausend Mitglieder«, wandte Nathalie ein. »Wie lange sollen wir dasitzen und diese Namenslisten durchforsten?«

»Das ist nicht so aufwendig, wie es erscheint«, erklärte Louise ruhig und machte dabei eine beschwichtigende Geste. »Es gibt eine Suchfunktion, in der wir die Namen von Leuten eingeben, die wir kennen, und dann werden wir ja sehen, was uns angezeigt wird.«

Nathalie streckte sich und gähnte erst einmal ausgiebig, dann nickte sie verstehend. »Fangen wir also mal mit dem Nächstliegenden an. Und hoffen wir, dass er sich unter seinem echten Namen angemeldet hat. Also … Jean-Louis Talradja.« Während sie sprach, tippte sie schon. »Und … *Enter.*« Verdutzt riss sie die Augen auf; die plötzliche Müdigkeit war schlagartig verflogen. »Volltreffer«, sagte sie erstaunt. »J.L. ist bei Facebook, und er ist in der Gruppe von Keetje Koopmans. Das ist ja fast schon unheimlich, dass das so schnell geht.«

»Ich gehe nach vorn und frage ihn nach seinem Passwort«, erklärte Louise, stand auf und verließ das Büro.

Als Nathalie zu Ronald sah, verzog der gerade den Mund und gab ein missbilligendes Brummen von sich. »Stimmt was nicht?«, fragte sie.

»Ich bin nur soeben auf die Seite der Produktionsfirma gestoßen«, antwortete er. »Freeze Ltd. Witzig, dass *Hottie* von Freeze produziert wird. Das Erfreuliche ist, dass die scheinbar sozusagen um die Ecke ihr Büro haben, nämlich gleich neben den alten Lagerhallen, die an den ehemaligen Flughafen angrenzen, aber nicht zu dem Areal gehören. Das Unerfreuliche ist, dass die Bürozeiten freitags um dreizehn Uhr enden und erst montags um zehn wieder beginnen.«

»Wir können trotzdem mal anrufen«, schlug Natalie vor. »Ich kann mir nicht vorstellen, dass man bei Fernsehproduktionen in dem Moment alles hinschmeißt, wenn Feierabend ist.«

Ronald las ihr die Nummer vor. Sie gab sie ein, hielt den Hörer ans Ohr, lauschte und legte schließlich wieder auf. »Da läuft nur die Ansage, dass ich außerhalb der Bürozeiten anrufe und es später wieder versuchen soll.« Nathalie schüttelte den Kopf. »Ich möchte ja fast wetten, dass da jetzt noch jemand ist, aber auf Verdacht hinfahren … nein, dazu habe ich keine Lust.«

»Wenn ich später noch mal auf Streife unterwegs bin, werde ich auf jeden Fall da vorbeifahren«, meinte der Constable. »Es wäre schließlich nicht das erste Mal, dass eine Adresse, die im Internet noch zu finden ist, schon seit Jahren überholt ist.«

»Ja, das ist gut«, stimmte Nathalie zu.

Kaum hatte sie ausgesprochen, kam Louise zurück, dicht gefolgt von J.L. »Ihr wollt mir mein Passwort wegnehmen, habe ich gehört?«, fragte er beim Hereinkommen.

»Wir müssen uns die Seite von Keetje …«, begann Nathalie, doch er winkte sofort ab.

»Ich weiß schon Bescheid. Ich komme nur rein, um mein Passwort einzugeben, damit ihr weitermachen könnt. Ich will nämlich zurück zum Spiel. Es steht zwei zu zwei, und allzu lange läuft es nicht mehr.«

»Du hättest uns auch dein Passwort geben können, damit wir reinkommen. Danach hättest du es ja ändern können«, sagte Nathalie.

»Ich weiß, das ist auch kein Misstrauen«, beschwichtigte er sie. »Aber ich habe für mein Passwort eine so simple Eselsbrücke, auf die kein Mensch kommt, da will ich mir nicht ein neues Passwort merken müssen.« Er beugte sich über den Tisch und zog die Tastatur heran. Ehe Nathalie wusste, wie ihr geschah, tippte er in einem solchen Tempo das Passwort ein, dass sie nicht hätte nachvollziehen können, was er da eingegeben hatte – selbst wenn sie das gewollt hätte. »So, bitte, jetzt könnt ihr loslegen. Viel Erfolg!«

J.L. hatte kaum ausgesprochen, da drehte er sich auch schon auf dem Absatz um und kehrte zurück in den Pub, um nicht das mögliche nächste Tor zu verpassen. Nach dem Jubel zu urteilen, der im gleichen Moment aus dem Lokal herüberschallte, schien er etwas zu spät davongeeilt zu sein.

»Dann wollen wir mal.« Nathalie rief die Gruppe auf, um sich unter der Identität des Gerichtsmediziners dort umzusehen. »Aha, da sind Fotos von Keetjes Wanderung. Wie lange wird sie jetzt vermisst?«

»Ähm, seit … sechs Tagen«, antwortete Ronald nach einem Blick auf seine Notizen. »Also wurde sie am 11. Mai zum letzten Mal gesehen. Jedenfalls sagt das den Berichten zufolge, die sich seit dieser Suchmeldung wie ein Lauffeuer im Internet verbreiten, Miss Koopmans' Produzent. Raymond Campbell heißt der Mann. Eine Vermisstenmeldung bei der Polizei scheint nicht vorzuliegen«, ergänzte er.

»Ist das nicht ungewöhnlich?«, fragte Nathalie.

»Ich weiß nicht, welche Gründe Campbell hat, sich direkt an die Öffentlichkeit zu wenden«, erwiderte der Constable. »Vorstellen kann ich mir momentan nur einen.«

»Welchen?«, wollte Louise wissen.

»Das Ganze ist vielleicht nur eine PR-Kampagne …«

»Aber Keetje ist tot. Das wäre keine gute PR für die Sendung«, warf Louise ein.

»Tut mir leid, wenn ich störe …«

Nathalie sah zur Tür. Eine der Aushilfskellnerinnen kam mit einem Tablett mit drei Gläsern Bier herein.

»Wie kommen wir denn dazu, Steph?«, fragte Louise erstaunt.

»Mr King feiert den Sieg ›seiner‹ Mannschaft und gibt jedem im Haus ein Bier aus«, erklärte die junge Frau gut gelaunt. »Er hat darauf bestanden, dass auch alle die ein Bier bekommen, die hinter den Kulissen arbeiten.«

»Das ist aber nett von ihm«, meinte Ronald und nahm sein Glas entgegen. »Schon gut, dass ich gleitende Arbeitszeiten habe. Für die Dauer dieses Biers kann ich mich also kurz vom Dienst abmelden.«

Nachdem das Tablett leer war, zog sich die Kellnerin zurück, und die drei wandten sich wieder ihrer Arbeit zu.

»Also, diese Suchmeldung zeigt schon Wirkung«, sagte Nathalie, nachdem sie einen Schluck getrunken und das Glas auf den Schreibtisch gestellt hatte. »Hier werden im Sekundentakt Kommentare gepostet. *Keetje, wo bist du? … Melde dich doch mal, Hottie! … Alles in Ordnung, Süße?*« Sie stieß beeindruckt einen leisen Pfiff aus. »So was habe ich ja noch nie erlebt. Die Kommentare werden in einem solchen Tempo gepostet, dass ich mit dem Runterscrollen gar nicht mehr nachkomme.«

»Irgendetwas Brauchbares dabei?«, fragte Louise.

»Sieht nicht so aus«, antwortete Nathalie, während sie sich auf jede Zeile konzentrierte, die sie las, da die nachrückenden Kommentare dafür sorgten, dass das Bild dauernd in Bewegung war. »*Wir beten für dich. … Hoffentlich ist nichts passiert!* Ah ja, und die unvermeidbaren Komiker: *Keine Sorge, sie liegt neben mir im Bett.*« Sie schüttelte den Kopf. »Dafür hat er aber auch schon dreihundertzwanzig vor Wut kochende Emojis erhalten – und fast zweihundert Reaktionen … jede davon eine wüstere Beschimpfung als die vorangegangene.« Nathalie klickte ein paarmal auf den Balken am rechten Bildrand, um sich auf der Seite schneller nach unten zu bewegen. »Oh Mann, die Fans reagieren alle so, als wüssten sie bereits, dass Keetje Koopmans bei J.L. im Kühlfach liegt. Dutzende Fotos werden gepostet, Keetje mit ihren Fans, Keetje in ihrer Show … Lieber Himmel, wie muss das sein, wenn man unzählige Fans hat, die rund um die Uhr alles Mögliche posten?«

»Dafür sind wir drei schon zu alt, Nathalie«, meinte Louise grinsend. »Sogar du, wenn dich so was in Erstaunen versetzen kann.«

Nathalie lachte auf, trank noch einen Schluck und suchte weiter auf der Seite nach irgendetwas Brauchbarem. »Oh, da haben wir ja was«, sagte sie auf einmal und drehte den Bildschirm so, dass Louise und Ronald auch etwas sehen konnten.

»*Irgendwo in England*«, las der Constable den kurzen Eintrag vor, den Keetje Koopmans selbst gepostet hatte. Darunter zeigte ein Foto eine grüne, leicht hügelige Landschaft ohne besondere Merkmale.

»Das kann wirklich ›irgendwo‹ und überall sein«, kommentierte Louise. »Da ist nichts Markantes zu erkennen.«

»Man muss wohl schon an der gleichen Stelle stehen,

um diese Aussicht zu haben.« Ronald nickte verstehend. »So prominent, wie Miss Koopmans war, würde sie bestimmt einen Menschenauflauf verursachen, wenn jeder wüsste, wo sie sich gerade aufhält.«

»Richtig«, stimmte Nathalie ihm zu. »Wenn da eine bekannte Kirche zu sehen wäre, würden Minuten später ein paar Dutzend Leute eine Landkarte posten, auf der genau markiert ist, wo Keetje steht.« Sie zeigte auf die Zeile über dem Foto. »Da. Das wurde am 14. Mai gepostet. Also hat sie da noch gelebt.«

»Das ist aber auch der letzte Eintrag«, sagte Louise. »Danach ist irgendetwas vorgefallen, das zu ihrem Tod geführt hat und bei dem diese Giftpilze eine Rolle gespielt haben.«

Nathalie bewegte die Maus weiter nach unten; noch mehr Landschaftsbilder kamen zum Vorschein. Die Zeilen, die Keetje jeweils dazugeschrieben hatte, waren alle gleich vage, und die Kommentare ihrer Fans beschränkten sich durchweg auf *Wie schön!* oder *Wo ist denn das?* Doch nichts davon half ihnen im Augenblick weiter.

»Oh, wartet mal«, sagte Nathalie, da ihr auf einmal etwas aufgefallen war. Sie drehte den Monitor wieder ganz zu sich herum und klickte auf eine Zeile. Ein neues Fenster öffnete sich. »Na, das sieht doch schon besser aus.« Sie überflog den Text und nickte zufrieden. »Das ist ein Link auf eine andere Seite, auf der Keetje einen Blog geführt hat, *Hottie's Hot Blog,* um genau zu sein.«

»Da hätte ich ja noch lange suchen können«, meinte Louise. »Ich hatte das irgendwie im Gefühl, dass Keetje sich nebenbei auch noch als Bloggerin betätigt, allein schon um ihre Produktlinien anzupreisen. Allerdings hatte ich danach unter ihrem Namen gesucht, aber nicht unter ›Hottie‹.«

Ronald winkte ab. »Ist doch nicht so schlimm«, sagte

er und schaute ernst drein. »Wir haben es ja noch gefunden. Es ist auch nicht so, als käme es jetzt noch auf jede Minute an. Miss Koopmans kann leider sowieso niemand mehr helfen.«

»*Ihr Lieben*«, las Nathalie vor, was als Einführungstext gepostet worden war. »*Wir werden die nächsten acht bis zehn Tage in diesem schönen Land auf Wanderschaft sein. Wohin es genau geht, wollen wir nicht verraten – schließlich wollen wir ja allein die Natur erkunden und nicht als riesige Wandergruppe unterwegs sein. Aber das klingt nach einer guten Idee für meinen nächsten Kurzurlaub im Herbst. Dann möchte ich unterwegs so viele von euch kennenlernen wie nur möglich. Das ist ein Versprechen, und ihr wisst, dass ich das halten werde. Wer uns diesmal unterwegs begegnet und uns erkennt, darf in eine der nächsten Shows kommen und live dabei sein, wenn ich den Kochlöffel schwinge. Wir werden täglich von unseren Erlebnissen berichten; die Texte liefere wie gewohnt ich, und für die Fotos ist natürlich die liebe Marcia zuständig. Wenn ihr diese Zeilen lest, ist mein Rucksack fertig gepackt, und wir sind bereit zum Aufbruch. Heute Abend könnt ihr dann nachlesen, ob und wie ich diesen ersten Tag lebend überstanden habe.*«

Nathalie überflog den nachfolgenden Text, der mit einigen Fotos versehen war, die mal Keetje, mal eine andere, etwas jüngere Frau mit schwarzen Haaren zeigten. »Okay, das stammt vom 8. Mai. Seht ihr das Datum? Da hat sie abends über den Verlauf des ersten Tages berichtet. Aber … wer ist diese Marcia?«

»Marcia Wheeler«, ertönte J.L.s Stimme hinter ihnen. »Das ist ihre Assistentin in der Show. Das Mädchen fürs Grobe, wenn man so will. Sie reicht Keetje das an, was sie braucht. Das haben die zwei inzwischen zu einer zirkusreifen Nummer ausgebaut. Marcia geht zum Kühlschrank am anderen Ende der Dekoration, und im nächsten Moment kommen da sechs Eier geflogen, die von ihr in Richtung Tresen geworfen werden, ohne dass sie hinsieht. Und Keetje fängt jedes Ei auf und sieht selbst auch nicht hin. Was ist mit Marcia? Hat sie sich gemeldet?«

»Nein, wir haben in Keetjes Blog den Hinweis gefunden, dass Marcia sie auf dieser Wanderung begleitet hat«, erwiderte Louise mit ernster Miene.

J.L. machte große Augen. »Wenn sie Keetje begleitet hat, … wo ist Marcia dann jetzt?«

Viertes Kapitel, in dem Nathalie und Louise schlechte Neuigkeiten überbringen

Am Montagmorgen kam ein übermüdet aussehender Constable Ronald Strutner um das Black Feather herum und steuerte auf die Terrasse zu, wo Nathalie damit beschäftigt war, die Getränke- und Eiskarten auf den Tischen zu verteilen. Bei jeder Karte überprüfte sie, ob sich nicht doch noch eine alte Ausgabe dazwischengemogelt hatte. Das war seit Beginn der Eissaison schon zwei- oder dreimal passiert, und es war ihr immer unangenehm, Gästen sagen zu müssen, dass das, was sie gern bestellen würden, längst nicht mehr im Angebot war. Seit sie das Lokal von ihrer Tante Henrietta geerbt hatte, waren von ihr ein paar Veränderungen vorgenommen worden, die aber nur behutsam ausgefallen waren, um die Stammkunden nicht zu vergraulen.

Als sie Ronald auf sich zukommen sah und seine kleinen Augen bemerkte, wusste sie, dass er sich die letzte Nacht gemeinsam mit den Kollegen um die Ohren geschlagen hatte, um den Wald nach Marcia abzusuchen. »Nichts gefunden?«, fragte sie.

Er schüttelte den Kopf. »Jedenfalls keine zweite Leiche. Zum Glück. Dafür aber zwei aufgeschweißte Tresore, ein paar Kühlschränke und einen verrosteten MG, der womöglich schon seit Jahrzehnten dort steht und allmählich verrottet. Aber von dieser Marcia keine Spur« Er zuckte hilflos mit den Schultern. »Es kann natürlich sein, dass sie zunächst noch in besserer Verfassung war als Keetje Koopmans und sich auf den Weg machen konnte, um Hilfe zu holen. Wenn da bereits die Desorientierung eingesetzt hatte, ist sie möglicherweise in eine ganz andere Richtung gelaufen. Ich habe J.L. gefragt, doch er meint, dass man nicht pauschal sagen kann, wozu ein Mensch im Delirium fähig ist. Wenn er zum Beispiel keine Schmerzen wahrnimmt, kann es sein, dass er Meile um Meile rennt, bis irgendwann das Herz kapituliert und er tot umfällt. Und das kann Gott weiß wo sein.«

»Aber es war doch auch nur ein Rucksack im Zelt«, gab Nathalie zu bedenken und verschränkte die Arme vor der Brust.

Erst nachdem er ausgiebig gegähnt hatte, antwortete er: »Beide Frauen sind ungefähr gleich groß. Wir haben keine Ahnung, mit wie viel Gepäck sie tatsächlich losgezogen sind. Vielleicht passte das alles in einen Rucksack, oder aber Marcia war noch in der Lage, ihre Sachen zu packen und mitzunehmen.« Abermals hob er die Schultern. »Jedenfalls haben wir nichts gefunden. Ich habe die

Damen und Herren Polizeianwärter nach Hause geschickt, damit sie sich erst mal ausschlafen. Was ich jetzt auch vorhabe.«

»Haben diese armen Polizeianwärter nicht bald die Nase voll davon, dass sie ständig herkommen und irgendwas auf den Kopf stellen müssen?«, fragte Nathalie.

»Ach was«, erwiderte der Constable und winkte ab. »Da sind ja ständig neue Anwärter einquartiert, es kommen nicht immer dieselben zum Einsatz. Außerdem merke ich den jungen Leuten an, dass sie Spaß an der Sache haben.« Er hielt kurz inne, gähnte noch einmal, dann räusperte er sich. »Könnte ich dich und Louise um einen Gefallen bitten?«

»Jederzeit.«

»Könnt ihr zwei zu diesem Produktionsstudio fahren und mit Campbell reden? Ich bin so erledigt, dass ich entweder beim Befragen einschlafen oder keine einzige Antwort mitbekommen würde.«

»Kein Problem«, versicherte Nathalie ihm. »Wir hatten uns das ohnehin überlegt, weil wir dachten, du tauchst die nächsten paar Stunden noch nicht auf. Sagen wir ihm, dass Keetje tot ist? Oder bleibt das noch geheim?«

»Nein, sagt es ihm. Dann habt ihr die Gelegenheit, seine Reaktion zu sehen. Sonst wird er es später aus Radio oder Fernsehen erfahren. Oder aus dem Internet. Dann kann er sich in Ruhe überlegen, wie er nach außen hin darauf reagieren soll. Aber wenn ihr reinkommt und ihm eröffnet, was passiert ist, könnt ihr sicher beurteilen, ob er wirklich nichts weiß oder ob er nur darauf wartet, dass ihr ihm die Nachricht überbringt.«

Nathalie nickte bestätigend. »Wird erledigt. Wir wissen natürlich nicht, ob dieser Campbell ein guter Schauspieler ist oder nicht. Da können wir uns nur auf unseren Instinkt verlassen.«

»Euer Instinkt ist heute Morgen auf jeden Fall viel besser als meiner. Wenn mir die Augen zufallen, kann ich gar keine Reaktion beobachten«, entgegnete er. »Danke, dass ihr einspringt.« Er wollte sich eben wegdrehen, hielt sich aber gerade noch davon ab. »Das hätte ich jetzt fast vergessen.« Ronald zog einen kleinen gepolsterten Briefumschlag aus der Jackentasche. Aus dem Umschlag holte er zwei Ledermäppchen, die er Nathalie gab. »Die sind für dich und Louise.«

Verwundert klappte sie das erste Mäppchen auf, auf dem das Wappen der Polizei eingeprägt war, und stellte fest, dass sich darin eine Art Dienstausweis befand, der ihren Namen trug. In der Zeile darunter stand *Assistant to the Police* zu lesen.

»Wir sind jetzt offizielle Assistentinnen der Polizei?«, fragte sie erstaunt und erfreut zugleich.

»Nicht im engeren Sinne«, stellte er klar und machte keinen Hehl daraus, wie sehr es ihn ärgerte, dass er ihre Frage nicht mit einem klaren Ja beantworten konnte. »Eigentlich geht so was überhaupt nicht, und es hat auch keine rechtliche Bedeutung, weil ihr dadurch keine polizeilichen Befugnisse erlangt. Doch es hilft hoffentlich ein wenig, wenn ihr wie heute zu Campbell fahrt und mit ihm reden wollt. So etwas hinhalten zu können ist immer noch besser, als darauf zu bauen, dass Leute mit euch sprechen oder sich von euch Fragen stellen lassen, nur weil ihr erzählt, in meinem Auftrag unterwegs zu sein. Ich habe das mit meinem Vorgesetzten so ausgemacht, und wenn jemand Probleme damit hat, kann er Mr McManus anrufen und nachfragen. Dann wird dieser erklären, was ihr macht, und danach sollte auch wieder Ruhe einkehren.«

»Wow, danke!« Nathalie fiel Ronald um den Hals. »Das ist unglaublich nett von dir.«

»Na ja, es war das Mindeste, was ich versuchen musste. Ihr beide tut so viel für mich.«

»Wir freuen uns, wenn wir dir helfen können. Außerdem macht diese Arbeit Spaß.«

Wieder musste Ronald gähnen.

»Geh nach Hause und leg dich schlafen«, bat sie ihn. »Du bist hoffentlich nicht mit dem Wagen hier.«

Er schüttelte den Kopf und sah sie mit fast geschlossenen Augen an. »Nein, die Anwärtertruppe hat mich vorn auf dem Parkplatz abgesetzt. Ich gehe von hier aus zur Wache und lege mich in der Zelle aufs Ohr.«

»Wolltest du dafür nicht nach Hause gehen?«, fragte Nathalie.

Ronald seufzte leise. »Dann muss ich erst noch zur Wache laufen, wenn ich wieder aufwache. Da kann ich genauso gut einen Stapel Decken auf die Pritsche legen und da schlafen, das macht mir auch nichts aus.«

Nathalie zuckte mit den Schultern und erwiderte lächelnd: »Aber beschwer dich hinterher nicht, dass das zu hart für dich war.«

»Kann passieren«, gab er schmunzelnd zurück, zwinkerte ihr zu und machte sich auf den Weg.

»Ach, Ronald, warte!«, rief sie ihm hinterher. »Wenn du zur Wache gehst, dann schau unterwegs doch bei Paiges Buchhandlung vorbei und frag sie nach den Verkaufszahlen der Kochbücher, die von Fernsehköchen kommen. Wir wollten doch herausfinden, wer von der Konkurrenz Keetje den Erfolg möglicherweise geneidet hat, weil er selbst nur Ladenhüter zuwege bringt.«

»Wird gemacht«, erwiderte er im Weggehen.

Ob er sich das bis zum Laden merken würde, stand allerdings auf einem anderen Blatt.

Es war kurz vor zehn, als Nathalie und Louise am Montagmorgen auf den Parkplatz vor dem großen alten Backsteingebäude einbogen und bis zu den Besucherplätzen durchfuhren, die sich in unmittelbarer Nähe zum Haupteingang befanden. Als sie ausstiegen, war Nathalie froh, sich für ein T-Shirt und die dreiviertellange Stoffhose entschieden zu haben. Es waren bereits über fünfzehn Grad, und der Sonnenschein versprach endlich einen warmen Tag, der wie ein Vorbote des Sommers wirkte.

»Diese Ausweise sind eine gute Idee«, erklärte Louise, die sich genauso luftig angezogen hatte. »Darauf hätte Ronald auch schon früher kommen können.«

»Freuen wir uns, dass wir sie jetzt haben. Bislang sind wir ja auch ohne Ausweise ganz gut zurechtgekommen«, erwiderte Nathalie und sah sich auf dem fast leeren Parkplatz um. »Besonders viel ist hier aber nicht los. Ich dachte, hier tummeln sich so viele Firmen.«

»Die sollen sich mal hier tummeln, wenn es nach dem Willen der Eigentümer geht«, korrigierte die Köchin sie. »Scheint jedoch nicht so gut zu funktionieren.« Nach einer kurzen Pause fuhr sie fort: »Apropos nicht viel los. Wo ist eigentlich Fred? Ich habe das Gefühl, dass er sich seit ein paar Tagen rarmacht.«

Nathalie gab einen missmutigen Laut von sich. »Management-Seminar mit Schwerpunkt Personalführung.«

»Am Wochenende und auch noch heute?«, fragte Louise verwundert.

»M-hm«, machte Nathalie. »Damit die Manager nicht mitten in der Woche ihren Betrieb unbeaufsichtigt lassen müssen, um ein Seminar zu besuchen. Für die Manager gut und für den Betrieb auch gut, aber nicht gut für mich. Zumal Fred noch am Freitagabend spät hingefahren ist, weil er am Samstag nicht um halb fünf morgens oder noch früher aufbrechen wollte.«

»Und wann kommt er zurück? Wenigstens heute noch?«

Nathalie nickte. »Mit etwas Glück dürfte er am Mittag wieder da sein.«

»Also zeitig zu deiner Mittagspause.«

»Was hat das mit meiner Mittagsp…«, begann Nathalie, bemerkte dann jedoch das eindeutig zweideutige Grinsen, mit dem Louise sie bedachte. »Ich … ähm …«

»Sag jetzt bitte nichts, Nathalie«, unterbrach die Köchin sie und setzte eine ernste Miene auf. »Ich will weder vorher noch nachher Details hören.«

Nathalie spürte, dass ihre Wangen glühten. Himmel, sie war eine erwachsene Frau und hatte keinen Grund, wie eine Zwölfjährige zu erröten. Obwohl wahrscheinlich die heutigen Zwölfjährigen bei diesem Thema längst nicht mehr rot wurden.

Sie stiegen die vier Stufen hinauf, die zum Eingang führten, betraten durch die offen stehende Tür das Gebäude und wandten sich nach links. Dort war an der Wand eine Tafel befestigt worden, die als Wegweiser zu den verschiedenen im Haus untergebrachten Unternehmen diente. Die Größe dieser Tafel verriet den Ehrgeiz der Eigentümer; die vielen noch freien Flächen darauf offenbarten aber auch den bislang nur mäßigen Erfolg, Firmen aufs Land zu locken.

»*Freeze Ltd.*«, las Louise vor und zeigte auf das oberste Schild. »*Zweiter Stock, Büro 213.*«

»Nehmen wir die Treppe«, sagte Nathalie. »Dem Aufzug da drüben traue ich nicht über den Weg.«

»Wieso? Der sieht doch sehr neu aus.«

»Ja, ich weiß. Aber der Schein trügt oft. Da werden einfach die Türen ausgetauscht, und die Kabine wird von innen neu verkleidet, aber wenn du dann nach dem Baujahr suchst, lacht dich schadenfroh eine *1952* an, weil die gesamte Technik immer noch die alte ist und nur gewartet wird«, erklärte Nathalie, während sie die breite Treppe hochstiegen. »Und was war früher in diesem Gebäude? Es hat was von einer Schule, finde ich, doch für eine Schule auf dem Land kommt es mir ein bisschen zu groß vor.«

»Wenn ich das richtig gelesen habe«, antwortete Louise, »dann waren hier seinerzeit die Büros für die zivilen Angestellten des Militärflughafens untergebracht. Also die Verwaltung für alles Nichtmilitärische, Personalbüro, normale Materialbeschaffung, Hausmeister. Der Sinn dieser Auslagerung war der, dass die Angestellten, die ohnehin keinen Zugriff auf sensible Daten hatten, nicht jeden Tag bei Dienstbeginn und Dienstschluss eine umfassende Sicherheitskontrolle durchlaufen mussten, sondern wie ganz normale Mitarbeiter in anderen Betrieben kommen und gehen konnten.« Sie zeigte nach rechts. »Da entlang.«

Sie wechselten in einen langen Gang, der durch die hohe Decke schmaler erschien, als er tatsächlich war. Der Weg führte vorbei an leer stehenden Büros. An den Wänden hingen Zeichnungen, die zeigten, wie diese Räumlichkeiten genutzt werden konnten, wenn sich denn ein entsprechender Mieter finden würde.

Schließlich hatten sie Büro 213 erreicht. Louise klopfte an und drückte sofort die Klinke hinunter, ohne erst auf ein »Herein« zu warten. Der Raum dahinter war für die zwei einsamen Schreibtische, die darin standen, eigentlich viel zu groß. Trotzdem wirkte das Büro mit den hohen Decken nicht leer, weil sämtliche Wände bis über Kopfhöhe mit Magnet- und Schreibtafeln sowie Korkplatten verkleidet waren. Die dadurch entstandene nutzbare Fläche war vollständig mit Plänen, Notizen und Listen aller Art übersät. Auch die weißen Tafeln waren bis in den letzten Winkel beschrieben.

Vor der rechten Hälfte der sich über die ganze Zimmerbreite erstreckenden Fensterfront hatte man zusätzlich noch eine Stellwand platziert, um eine weitere Fläche für Zettel aller Art zu schaffen, die aber bereits komplett gefüllt worden war.

Am linken Schreibtisch saß ein Mann über einen Laptop gebeugt, dessen Tastatur er nur mit den Zeigefingern bediente. »Augenblick, ich bin gleich für Sie da«, sagte er, ohne aufzusehen, und schrieb weiter. Dabei kreisten beide Zeigefinger bei fast jedem Anschlag über den Tasten, bis endlich die richtige gefunden war. Schließlich hob der Mann den Kopf und sah seine Besucherinnen verwundert an. »Schickt Sie die Agentur?«

»Die Agentur?«

»Ja, die Zeitarbeitsagentur? Sind Sie wegen der Sekretärinnenstelle hier?«, fragte er und stand auf, um ihnen entgegenzukommen. Der Mann war fast einen Kopf größer als Nathalie, was ihn noch schlaksiger wirken ließ, als er ohnehin schon war. Der ganze Körper schien selbst dann noch in Bewegung zu sein, als er längst vor ihnen stehen geblieben war – so als müsste er die Fliehkräfte bändigen, die durch die rudernden Arme und den dadurch leicht schwankenden Gang erzeugt worden waren. Seine Frisur hatte etwas vom legendären Pilzkopf der Sechzigerjahre; das blonde Haar war von helleren Strähnen durchwirkt.

»Nein, wir kommen im Auftrag der Polizei«, erklärte Louise und hielt ihm den Ausweis hin. Nathalie tat es ihr gleich. »Sie sind Raymond Campbell?«

Nach einem flüchtigen Blick auf die Ausweise stand

er da und schaute ratlos drein. »Ja, der bin ich. Was … was kann ich für Sie tun?«

»Wir sind wegen Miss Koopmans hier«, sagte Nathalie verhalten.

Campbells Miene hellte sich sofort auf. »Haben Sie etwas von ihr gehört? Hat sie sich gemeldet?«

»Wir … haben keine guten Neuigkeiten, Mr Campbell.«

Der Mann zuckte zusammen und sah nervös zwischen ihr und Louise hin und her. »Was soll das heißen? Was ist mit ihr? Ist sie verletzt?«

»Mr Campbell, wir müssen Ihnen leider mitteilen, dass Miss Koopmans tot aufgefunden worden ist«, erwiderte Louise.

»Wie bitte?«, fragte er. »Sie ist *was?*«

»Es tut uns leid, Mr Campbell«, sagte Nathalie leise.

»Was … wie … aber … aber … ich … was …?«, stammelte der Mann, woraufhin Louise und Nathalie ihn in die Mitte nahmen und zu seinem Stuhl zurückbegleiteten.

Sie warfen einander einen kurzen Blick zu, nach dem beiden klar war, dass keine von ihnen aus Campbells Reaktion schlau wurde. Er mochte tatsächlich so schockiert sein, dass er keinen vernünftigen Satz mehr herausbrachte. Aber genauso war es möglich, dass alles nur gespielt war. Immerhin hatte er mehrere Tage Zeit gehabt, an dieser Szene zu feilen.

So oder so stand fest, dass sie vorgehen würden wie mit Ronald besprochen. Um den Täter in Sicherheit zu wiegen und ihn hoffentlich zu einer unüberlegten Reaktion zu veranlassen, würden sie die Tatsachen ein wenig verdrehen.

Nathalie seufzte. »Nun, es ist so, dass Miss Koopmans von einer Wandergruppe in Pelham Woods tot aufgefunden wurde. Die Obduktion hat dann den ersten Verdacht bestätigt, dass Keetje Koopmans durch einen Schlag mit einem schweren Gegenstand auf den Hinterkopf getötet wurde. Jemand hat sie hinterrücks brutal erschlagen.«

»Aber … wer macht denn so was?«, murmelte er und schaute fassungslos drein.

So sehr sich Nathalie auch bemühte, sie konnte Raymond Campbell einfach nicht ansehen, was in ihm vorging. Wenn er wusste, was tatsächlich geschehen war, musste die Behauptung vom Schlag auf den Schädel bei ihm Erleichterung und vielleicht sogar Freude auslösen, weil das für ihn bedeutete, dass sie auf der völlig falschen Fährte waren. Falls das so war, ließ er sich davon jedoch nichts anmerken. Das Ganze konnte auch seine echte Reaktion auf die Mitteilung sein, dass sein Star nicht wieder in die Sendung zurückkehren würde.

»So weit ist die Polizei noch nicht«, erklärte Louise. »Bevor wir uns aber weiter über Keetje Koopmans unterhalten, gibt es noch eine andere dringende Frage zu klären. Wie die Polizeirecherchen ergeben haben, wurde Miss Koopmans bei ihrer Wanderung von ihrer Assistentin Marcia Wheeler begleitet. Von Miss Wheeler fehlt jede Spur, und wir müssen wohl davon ausgehen, dass sie ebenfalls einem Gewaltverbrechen zum Opfer gefallen ist. Haben Sie eine Ahnung …?«

»Da kann ich Sie beruhigen«, unterbrach er sie in ruhigem Tonfall. Er schien sich wieder ein wenig gefangen zu haben. »Marcia ist schon vor ein paar Tagen in Richtung Niederlande abgereist.«

»Abgereist, sagen Sie? Wann genau war das?«

»Moment, da muss ich im Terminkalender nachsehen«, antwortete Campbell. »Das war am 12. Mai.«

Nathalie stutzte. »Das kann aber nicht stimmen, Mr

Campbell. Am 13. Mai schreibt Keetje nämlich in ihrem Blog über das, was Marcia und sie gemeinsam unternommen haben. Das ist ein Tag nach dem 12., an dem sie laut Ihrem Kalender abgereist ist. In dem Zusammenhang gibt es im Übrigen noch einen viel größeren Widerspruch. Der letzte Blog-Eintrag stammt vom 13. Mai, doch laut der Suchmeldung vom 17. Mai wurde sie am 11. Mai zum letzten Mal gesehen. Das passt nicht zusammen, Mr Campbell. Haben Sie dafür eine Erklärung?«

»Die habe ich tatsächlich«, bestätigte er. »Sehen Sie, Keetje hat eine große Fangemeinde, und wenn sie in einer Buchhandlung eine Signierstunde gibt, dann drängen sich dort die Leute. Sie wird auf der Straße angesprochen und um Selfies und Autogramme gebeten. Wenn sie am 11. Mai abends posten würde: *Wir haben jetzt unser Zelt am Wanderweg Soundso in Höhe der alten Mühle aufgeschlagen,* würde sie sich am nächsten Morgen in einem Zeltlager wiederfinden, weil so viele Fans sie sehen und erleben wollen. Karten für ihre Show sind für die nächsten zwei Jahre ausverkauft. Deshalb macht sie es bei diesem Urlaub so wie bei allen vorangegangenen auch. Entweder postet sie gar nichts, weil sie zwei Wochen lang in Lissabon in einem Hotel einquartiert ist und die Fans sich auf die Suche nach ihr begeben würden. Oder sie unternimmt eine Wanderung oder eine Städtetour und gibt mit zwei Tagen Verspätung ihren ›aktuellen‹ Aufenthaltsort bekannt. In Wahrheit ist sie dort aber längst nicht mehr. Auf diese Weise kann sie ihren Urlaub genießen, was sonst nicht möglich wäre.« Er nickte, um seine Worte zu unterstreichen. »Außerdem schickt sie alle Einträge und Fotos auf den Computer da drüben; ich übertrage die Daten auf diesen Rechner hier und lade alles auf ihre Seiten hoch, damit nicht irgendein

Computerspinner einen Weg findet, die Spur zurückzuverfolgen und Keetjes genaue Position zu ermitteln. Es gibt ja Spezialisten für alles Mögliche, und man kann nicht vorsichtig genug sein.«

»Gab es denn irgendwelche Drohungen gegen sie?«

»Nein, Drohungen nicht. Also da war niemand, der sie umbringen wollte. Natürlich tauchen immer irgendwelche verklemmten Spinner auf, die Keetjes Kopf auf Nacktfotos montieren und dann schreiben, dass sie sie auch gern so sehen wollen. Aber meines Wissens hat ihr niemand angedroht, ihr in irgendeiner Form etwas anzutun.«

Louise machte sich ein paar Notizen, dann fragte sie: »Gab es sonst jemanden aus ihrem Umfeld, der ihren Tod wollte? Irgendein Ex? Oder jemand, der einen Vorteil durch ihren Tod hätte?«

Campbell zuckte mit den Schultern und überlegte einen Moment lang. »Da kommt mir niemand in den Sinn. Jedenfalls hier bei uns nicht. Wie es in ihrer Heimat in den Niederlanden aussieht, weiß ich nicht. Mit der Sprache komme ich nicht klar, tut mir leid.«

»Und Konkurrenten hier bei uns?«, warf Nathalie ein.

»Wir beim Fernsehen sind doch eine große glückliche Familie. Wussten Sie das nicht?«, entgegnete er und ließ ein verbittertes Lachen folgen. »Nein, das ist ein Märchen, das man den Zuschauern immer wieder erzählt. Eine große glückliche Familie sind wir ganz sicher nicht. Auch wenn man sich bei Begrüßungen herzlich umarmt mit Küsschen hier und Küsschen da, gönnt einer dem anderen nichts. Alles dreht sich um die Einschaltquote, um den besseren Sendeplatz und die bessere Werbung. Natürlich lädt man sich untereinander ein, und dann ist der eine Koch beim anderen zu Gast. Aber der Gastgeber tut das nicht aus Freundschaft oder Selbstlosigkeit, sondern aus purer Berechnung. Er will nur im direkten Vergleich besser abschneiden als der Kollege'. Wenn Sie erleben, wie sich zwei dieser ›Kollegen‹ vor der Kamera gegenseitig hochnehmen, dann ist jeder witzige Satz eigentlich bloß dazu da, den anderen runterzuputzen. Ein Zehntel-Prozentpunkt bei der Quote entscheidet darüber, ob man in der kommenden Woche noch auf Sendung ist oder nicht. Würden Sie unter diesen Umständen Ihrem Konkurrenten den lauteren Applaus gönnen?«

»Vermutlich nicht«, musste Nathalie einräumen. »Würde jemand töten, bei dem dieser Zehntel-Prozentpunkt das Ende seiner Karriere bedeuten könnte?«

»Ich weiß nicht, Miss … Ames, richtig?« Sie nickte, und er redete weiter. »Ich könnte es mir bei jemandem vorstellen, dessen Stern den Sinkflug angetreten hat. Aber Keetje war der Konkurrenz seit dem Sendestart ihrer Show um vier Prozentpunkte Vorsprung voraus, manchmal noch etwas mehr, manchmal auch ein bisschen weniger. Von ihrem Tod würde niemand profitieren, der sich am anderen Ende der Beliebtheitsskala befindet.«

»Okay, also noch mal zu den Daten.« Louise schlug den kleinen Notizblock um. »Das letzte Mal haben Sie von Miss Koopmans am 11. Mai gehört, und Miss Wheeler ist am 12. Mai in die Niederlande gereist. War Miss Wheeler am 11. Mai noch bei Miss Koopmans?«

»Ja, sie hat sich irgendwann am Nachmittag von ihr verabschiedet und ist zum Wagen zurückgegangen«, sagte er. »Dann ist sie hergekommen, wir haben über die anstehenden Dreharbeiten gesprochen, und am nächsten Tag hat sie sich auf den Weg zum Studio gemacht.«

»Und in der Zeit dazwischen?«, fragte Louise.

»Zwischen was?«

»Zwischen Ihrer Besprechung und Marcia Wheelers Abreise zum Studio«, präzisierte die Köchin ihre Frage. »Wo war Miss Wheeler in dieser Zeit?«

»Sie hat nebenan geschlafen.«

»Nebenan?«

Campbell deutete hinter sich. »Ja, wir haben nebenan noch einen Besprechungsraum mit sehr bequemen Sofas, auf denen man wunderbar übernachten kann.«

»Warum hat sie hier übernachtet?«, wollte Nathalie wissen. »Und waren Sie auch hier?«

Der Produzent verzog ein wenig beleidigt den Mund und erklärte: »Sie hat aus dem gleichen Grund hier übernachtet, aus dem sie die Wanderung mit Keetje abgebrochen hat: Probleme mit dem linken Knie. Das ständige Treten aufs Kupplungspedal während der Heimfahrt hat das nicht besser gemacht, und sie hat hier übernachtet, um das Knie zu schonen.« Dann fügte er nachdrücklicher hinzu: »Und, nein, ich habe nicht hier die Nacht verbracht, sondern zu Hause. Sie können gern meine Frau fragen. Rufen Sie sie an, oder fahren Sie zu mir nach Hause und fragen sie, ganz wie Sie mögen.«

»M-hm«, murmelte Nathalie und schaute kurz zu Louise, die sich immer noch Stichpunkte machte. »Dann können Sie aber nicht ausschließen, dass Miss Wheeler nach Ihnen das Büro noch einmal verlassen hat, richtig?«

»Wenn Sie damit andeuten wollen, Marcia könnte etwas mit Keetjes Tod zu tun haben, kann ich Ihnen gleich mehrere Gründe nennen, die dagegensprechen. Erstens habe ich Marcias Auto genommen, weil mein Wagen nicht anspringen wollte, also war sie schon mal nicht in der Lage, zum Zeltplatz zurückzufahren. Ich nehme an, Sie beide kennen sich hier in der Gegend gut aus und wissen, dass nachts kein Bus mehr fährt, der Marcia irgendwo in die Nähe von Pelham Woods gebracht haben könnte. Sie hätte also ein Taxi nehmen müssen. Aber ich kann mir nicht vorstellen, dass es irgendeinen Taxifahrer gibt, der seinen Fahrgast mitten in der Nacht zu einem Wald fährt und dann zwei oder drei Stunden wartet, bis der Fahrgast zurückkommt und nach Hause kutschiert werden will. Oder sehen Sie das anders?«

Louise schüttelte den Kopf. »Das ist ein triftiges Argument«, gab sie zu. »Und zweitens?«

»Zweitens wird Marcia in Kürze ihre eigene Show bekommen. Keine Kochshow, sondern eine Show, die sich mit dem ganzen Drumherum beschäftigen wird. Stilvolle Tischarrangements, die Einrichtung eines Speisezimmers und solche Dinge. Marcia hätte mit einem Mord keine Konkurrenz ausgeschaltet, sondern sich nur selbst geschadet, weil ihre Show gleich nach *Hottie in da Kitchen* laufen sollte und weil beide Shows ineinandergreifen sollten, also die passende Deko zu dem Gericht, das von Keetje zubereitet worden ist.«

»Aha«, sagte Louise und schrieb weiter mit. »Wieso wird die Show eigentlich in einem Studio im Ausland gedreht?«, fragte sie dann. »Warum nicht in einem hier?«

Campbell machte eine ausholende Geste. »Zwei Gründe. Der erste ist dieses Gebäude. Und die anderen Gebäude ringsherum. Ihnen ist bestimmt nicht entgangen, dass das eine oder andere Büro leer steht, um nicht zu sagen, dass so gut wie alles leer steht. Das liegt an diesem hartnäckigen Gerücht, dass das ehemalige Flughafengelände in nächster Zeit mit Luxuswohnungen bebaut werden soll und dass die Bauherren beabsichtigen, sich dieses Grundstück bei der Gelegenheit ebenfalls einzuverleiben. Dann soll hier alles abgerissen und neu bebaut werden.«

»Tatsächlich?«, fragten Louise und Nathalie gleichzeitig.

»Wie gesagt, es ist nur ein Gerücht, und ich vermute, dass das von Gemeinden verbreitet wird, die ein Interesse daran haben, dass die bei ihnen angesiedelten Betriebe nicht hierher abwandern.« Er zuckte flüchtig mit den Schultern. »Egal, wer dahintersteckt, auf jeden Fall zeigt es Wirkung, seit diese Flächen vermietet werden. Eingezogen sind hier nur Leute wie ich, die ihr Büro innerhalb von drei Stunden in Kartons verpacken und ohne großen Aufwand und hohe Kosten woandershin verlagern können, wenn es auf einmal heißt, dass morgen die Abrissbirne anrollt.«

»Was bei einem Studio nicht möglich wäre«, folgerte Nathalie.

»Richtig. Ein Studio muss eingerichtet werden, da werden kilometerweise Kabel verlegt und Dutzende Scheinwerfer montiert. Sie müssen den Raum schalldicht machen, damit Sie nicht unterbrechen müssen, wenn während der Dreharbeiten vor dem Gebäude ein Traktor vorbeifährt. Das kostet, und es wäre finanzieller Selbstmord, wissentlich Räumlichkeiten zu beziehen, aus denen man vielleicht nach zwei Monaten schon wieder ausziehen muss.« Er trank einen Schluck Kaffee und verzog den Mund. »Igitt, der ist ja eiskalt! Sagen Sie, kann ich Ihnen auch was zu trinken anbieten?«

»Für mich nichts, danke«, antwortete Nathalie, und Louise pflichtete ihr bei.

Campbell zögerte kurz, entschied sich dann aber dagegen, für sich einen neuen Kaffee zu holen. Stattdessen fuhr er fort: »Der andere Grund für das Studio in den Niederlanden liegt darin, dass die Kochshow eine Koproduktion mit einem niederländischen Sender ist. Wer sich finanziell an einer Produktion beteiligt, hat auch ein

Mitspracherecht, und in diesem Fall wollte unser Partner, dass in seinem Land gedreht wird. Das ist aber nicht weiter schlimm, weil so das Studio nicht mehr mein Problem ist. Dafür haben wir mehr Rechte bei der inhaltlichen Ausrichtung der Show, was für mich wichtiger ist.« Er beschrieb mit beiden Händen eine vage Geste. »Koproduktionen sind inzwischen eigentlich an der Tagesordnung. Vor allem Filme sind ja längst ein so kostspieliges Vergnügen, dass kaum ein Studio ein paar Hundert Millionen Dollar oder Pfund lockermachen will, wenn niemand sagen kann, ob der Film sie wirklich wieder einspielen wird.«

»Wenn man von diesen Summen hört, mit denen da jongliert wird«, sagte Nathalie verständnisvoll, »kann man sich vorstellen, dass man das Risiko lieber auf mehrere Geldgeber verteilt.«

Louise nickte und sah dann Nathalie an. »Ich glaube, wenn Sie uns jetzt noch eine Nummer geben, unter der wir Marcia Wheeler erreichen können, dann haben wir alles gefragt, was wir fragen mussten, oder?«

»Würde ich auch sagen. Wenn wir etwas vergessen haben, melden wir uns einfach bei Ihnen.« Nathalie reichte ihm eine Visitenkarte. »Das ist die Nummer, unter der Sie Constable Strutner erreichen können. Kann ja sein, dass Ihnen noch etwas einfällt.«

»Okay, danke.« Der Mann stand auf, um die Karte mit einem Magneten an einer Tafel festzumachen, an der schon hundert oder mehr Visitenkarten hingen. Dann ging er vor den beiden Frauen her zur Tür, um sie ihnen aufzuhalten.

»Und was wird jetzt aus der Show?«, erkundigte sich Nathalie, während sie ihm die Hand reichte.

Über Campbells Gesicht fiel ein Schatten. »Marcias

Show werden wir natürlich durchziehen, doch die Kochshow …«

»Kann nicht Marcia einspringen?«, hakte sie nach.

»Marcia ist keine Köchin«, antwortete er und grinste schief. »Sie würde sogar heißes Wasser anbrennen lassen, wie man so schön sagt. Wenn ich bis übermorgen keine neue Köchin finde, die zumindest vorübergehend die Show übernimmt, dann war es das mit *Hottie in da Kitchen.*«

»Ich könnte Ihnen ja Louise ausleihen«, schlug Nathalie in einem Tonfall vor, der scherzhaft klingen sollte.

Campbell stutzte und sah Louise ganz ernst an. »Sie sind gelernte Köchin?«

»Ja, aber …«, begann sie zögerlich.

»Sie sind engagiert, Miss Cartham.«

Fünftes Kapitel, in dem Louise neue Wege geht

»Bitte *was?*«, fragte Louise verdutzt.

»Ich engagiere Sie«, sagte Campbell begeistert. »Als Sie eben hereingekommen sind, habe ich sofort gedacht: Was wäre das für eine coole Kochshow mit einer Doppelgängerin von Judi Dench! Oder einer Doppelgängerin von M. Sie wissen schon, aus *James Bond.* Bonds Chefin. Wir könnten Sie sogar ein wenig wie eine Geheimagentin anlegen. Sie geben in jeder Sendung eine Geheimzutat ins Essen. Daraus kann man ein Quiz machen, bei dem sich die Zuschauer beteiligen können. Zuschauerbeteiligung ist immer gut. Während die Sendung läuft, können die Leute uns ihre Lösungsvorschläge per Mail, Twitter oder WhatsApp schicken, und am Ende der Sendung – die ist ja nur aufgezeichnet – wird dann der Gewinner eingeblendet, der die Geheimzutat richtig erraten hat.«

Louise wollte zu einer Erwiderung ansetzen, doch Campbell ließ sie nicht zu Wort kommen.

»Das mit *James Bond* ist überhaupt *der* Aufhänger«, redete er voller Eifer weiter. »Wir tun so, als wären Sie Agentin gewesen. Auf die Weise können Sie Rezepte aus aller Welt präsentieren, und dazu servieren Sie eine Anekdote aus Ihrer angeblichen Vergangenheit. Zum Beispiel: ›Damals, als ich in Sankt Petersburg ein Fabergé-Ei aus der Botschaft von Nicaragua schmuggeln musste, gelang es mir, das Botschaftspersonal mit meinem Borschtsch à la Moneypenny so abzulenken, dass ich mit dem Ei aus dem Gebäude schlendern konnte, ohne von irgendwem aufgehalten zu werden.‹«

Louise schüttelte den Kopf. »Warum sollte ich so was machen? Und was, bitte schön, ist Borschtsch à la Moneypenny?«

»Keine Ahnung«, gab der Produzent unbekümmert zurück. »Das ist ja nur ein Beispiel, Miss Cartham. Erstens soll es ja sowieso nur komplett erfunden sein, weil … na ja, Sie hätten ja schon Agentin sein müssen, um überhaupt solche Anekdoten erzählen zu können, und wenn Sie Agentin gewesen wären, dann dürften Sie ja gar nichts erzählen, nicht wahr?« Er lachte. »Zweitens geht es nur darum, die Leute zu unterhalten. Es muss etwas Witziges, etwas Fesselndes sein, und Sie müssen unmittelbar vor einem der Werbeblöcke damit anfangen und die Auflösung erst nach der Werbung bringen. Oh ja, ich sehe die ganze Sendung schon vor mir. Miss Cartham, Sie werden meine Rettung sein!«

»Mr Campbell, Sie scheinen etwas ganz Wesentliches zu übersehen«, wandte sie ein und bemerkte zu spät Nathalies mahnenden Blick. »Ich habe keine Ahnung, wie Sie mich den Zuschauern als ›Hottie‹ verkaufen wollen. Ich bin kein Hottie, wirklich nicht.«

»Ach, Unsinn, Miss Cartham«, beharrte der Mann. »Sie besitzen dieses gewisse Etwas ... dieses Charisma. Die Zuschauer werden Sie lieben. Dazu brauchen Sie jetzt nur noch einen passenden Namen.«

»Einen passenden Namen? Was stimmt mit meinem Namen nicht?«

Beschwichtigend hob Campbell die Hände. »Ich rede von einem Künstlernamen. Was würden Sie dazu sagen, wenn Sie als ... hm ... Chef Judi vor die Kamera treten?«

»Chef Judi?«, wiederholte sie verwundert. »Das soll ein Künstlername sein?«

»Es ist sogar der perfekte Künstlername«, sagte er. »Sehen Sie, da ist diese verblüffende Ähnlichkeit mit Judi Dench. Wenn wir Sie Chef Judi nennen, wird das die Leute aufhorchen lassen, wenn Sie dabei kurz ins Bild rücken und die Zuschauer begrüßen. Während wir das applaudierende Publikum zeigen, werden sich die Leute daheim vor ihren Fernsehern fragen, ob sie gerade eben tatsächlich Judi Dench gesehen haben oder nicht. Also bleiben sie dran, weil sie es herausfinden wollen. Dann kommen Sie wieder ins Bild und sehen mit finsterer Miene in die Kamera, ziehen eine Augenbraue hoch und sagen: ›Mein Name ist Judi. Chef Judi.‹ Oh, das wird ganz wunderbar«, jubelte der Mann, der vor lauter Begeisterung über seine Idee ganz aus dem Häuschen war. »Oh ja, ich sehe schon das Logo unserer Show, Louise. Sie im schwarzen Jackett, bis zur Taille im Bild, die Arme verschränkt, dabei eine Hand so nach oben gerichtet wie bei *James Bond.* Nur halten Sie keine Pistole fest, sondern ... einen Schneebesen zum Beispiel. Oder einen Kochlöffel. Was sagen Sie dazu?«

Louise schüttelte den Kopf. »Ich kann dazu gar nichts sagen. Ich bin nur angestellt. Sie ist meine Arbeitgeberin«, antwortete sie und zeigte auf Nathalie.

»Ist das wahr?«, fragte er sie.

Nathalie nickte. »Das ist wahr. Sie ist bei mir angestellt, mir gehört das Black Feather in Earlsraven.«

»Das Black Feather?« Campbell strahlte über das ganze Gesicht. »Dann arbeiten sie also nur nebenberuflich für die Polizei. Im Black Feather war ich schon ein paarmal, das hat mir sehr gut gefallen. Und das Essen ist einfach nur köstlich, Miss Cartham.«

»Danke, Mr Campbell, das freut mich.«

»Jetzt will ich Sie erst recht für die Show haben«, beharrte er und wandte sich wieder an Nathalie. »Nennen Sie einen Betrag.«

»Einen Betrag? Wollen Sie mir Louise etwa … *abkaufen?*«, fragte sie völlig perplex.

»Nein, aber Louise … Miss Cartham … bekommt von meiner Produktionsgesellschaft eine Gage gezahlt, und Sie sollen für die Zeit, in der Sie auf Ihre Mitarbeiterin verzichten müssen, finanziell entschädigt werden. Immerhin müssen Sie dann ja kurzfristig Ersatz suchen, was auch mit Kosten und Mühen verbunden ist.«

Nathalie sah den Blick, den Louise ihr zuwarf. Ihre Freundin wollte mit ihr reden, bevor irgendetwas über ihren Kopf hinweg entschieden wurde. Aber das musste warten, denn Nathalie hatte das Gefühl, dass dieser Campbell bei der Bitte um Bedenkzeit sofort zum Telefon greifen und alle Hebel in Bewegung setzen würde, um woanders eine Köchin zu finden.

»Sie können in Rechnung stellen, was Sie wollen«, bot er ihr händeringend an. »Ich regele das alles mit der Versicherung. Ich kann ja erklären, dass wir einen festen Zeitplan einhalten müssen und dass es uns mehr kostet, die Produktion um ein oder zwei Wochen zu verschieben, nur um in aller Ruhe nach einem geeigneten Ersatz zu suchen. Vor allem wäre es unsinnig, weil ich in Ihnen,

Miss Cartham, ja bereits den perfekten Ersatz gefunden habe.« Er lächelte ein wenig betreten. »Wobei es ja schon einer Beleidigung gleichkommt, wenn ich Sie als Ersatz für Keetje bezeichne. Sie sind … mein neuer Star.«

»Das werden wohl eher die Einschaltquoten entscheiden als Sie«, warnte Louise und hob mahnend den Zeigefinger. »Soweit ich weiß, sind die doch wichtiger als alles andere. Oder irre ich mich, Mr Campbell?«

»Ja, aber die Quoten werden gut sein, dafür lege ich jetzt schon die Hand ins Feuer«, versprach er ihr vollmundig. »Sie verleihen der Show ein so komplett neues Image, dass niemand sagen kann: ›Keetje hat das aber besser gemacht.‹ Oder: ›Keetje war ja viel witziger.‹ Nur eins müssen Sie mir versprechen: Sehen Sie sich keine Episoden mit Keetje an. Machen Sie das zu *Ihrer* Show.«

Louise sah unschlüssig zu Nathalie, doch die nickte bekräftigend und meinte: »Du wirst das schon schaffen.«

»Aber wer soll sich um das Black Feather kümmern?«, wollte sie wissen. »Ich kann doch nicht einfach meinen Job im Stich lassen.«

»Ich kann eine Freundin aus Liverpool fragen; ihre Mutter war bis vor ein paar Jahren Köchin. Sie wird bestimmt gern für dich einspringen. Meine Freundin hat mir oft genug ihr Leid geklagt, dass ihre Mutter ständig für sie kochen will. Da wird sie sie mir sicher gern für eine Weile überlassen.«

»Dann sind Sie einverstanden, Miss Ames?«, hakte Campbell hoffnungsvoll nach.

Nathalie nickte. »Die Entscheidung liegt jetzt bei dir, Louise. Und mach dir keine Sorgen, du hast ja immer noch Marcia als Assistentin. Sie wird dir sicher helfen, wenn du irgendetwas brauchst.«

»Na ja«, murmelte die Köchin und wandte sich wieder an den Produzenten. »Was, wenn ich nach fünf Minuten vor der Kamera genug habe und zurück nach Hause will …?«

»Dann lassen Sie alles stehen und liegen, Miss Cartham. Ich möchte nur, dass Sie es wenigstens versuchen. Werden Sie das tun? Es ist bloß für ein paar Tage, diese Shows werden ja im Block aufgezeichnet, und dann haben Sie erst mal wieder Ruhe.«

»Also gut«, sagte sie schließlich und gab sich einen Ruck. »Fordern wir das Schicksal heraus!«

»Ich danke Ihnen, Miss Cartham. Sie können sich nicht vorstellen, welche Last in diesem Moment von mir fällt.« Er schüttelte ihr begeistert die Hand. »Wäre das für Sie okay, wenn ich am Nachmittag ins Black Feather komme und wir alles genau besprechen, damit Sie wissen, wo Sie wann sein müssen?«

»Ja, das wird wohl das Beste sein«, willigte sie ein.

Schlagartig wurde Campbell ernst, sein Enthusiasmus war wie verflogen.

»Stimmt etwas nicht?«, fragte Nathalie.

»Ich … oh, entschuldigen Sie«, murmelte er. »Aber mir wird gerade erst richtig bewusst, dass Keetje tot ist. Das … das klingt vielleicht herzlos, doch mein erster Gedanke war tatsächlich nicht Keetje, sondern die Show …« Er zuckte hilflos mit den Schultern. »Na ja, als Produzent denkt man immer erst an die Show. Und jetzt, da wir uns einig geworden sind, da … da wird mir erst klar, *wieso* wir uns einig werden mussten. Weil Keetje nicht mehr ist …«

Die beiden leisteten ihm noch eine Weile Gesellschaft, bis Campbell sich wieder gefangen hatte, dann verabschiedeten sie sich und verließen das Büro.

»Okay, ich habe verstanden, warum ich mir das antun muss«, grummelte Louise, nachdem sie in Nathalies Wagen eingestiegen war. Bis dahin hatte sie geschwiegen, da sie nicht wusste, wer möglicherweise etwas von ihrer Unterhaltung mitbekam und das dann Campbell weitererzählte. »Aber hätten wir nicht wenigstens sagen können, dass ich mir das erst noch in Ruhe überlegen will?«

»Hättest du das gesagt, dann würde Campbell jetzt in seinem Büro sitzen, rumtelefonieren und den Job der erstbesten Köchin geben, die eben nicht zögert. In der Branche darfst du bestimmt nicht zaudern, wenn du etwas erreichen willst«, erwiderte Nathalie. »Wir können uns das nicht entgehen lassen, weil wir sonst keine Möglichkeit bekommen, mit den Leuten zu reden, die in den Niederlanden an der Sendung mitarbeiten. Dann muss Ronald über den Dienstweg gehen, damit die Kollegen auf dem Kontinent in Aktion treten. Und wir haben das Problem, dass wir ihnen die wahre Todesursache mitteilen müssen, und die wollen wir ja noch eine Weile für uns behalten. Außerdem würde das Ganze wegen all der Bürokratie viel zu lange dauern.«

»Ja, ja, ich weiß das alles«, gab die Köchin zurück. »Ich komme mir nur so vor, als hätte ich mich von Campbell überfahren lassen.«

»Ist doch gut«, hielt Nathalie dagegen. »Das gibt dem Mann das Gefühl, dass wir ihn nicht verdächtigen, etwas mit Keetje Koopmans' Tod zu tun zu haben. Schließlich war es ja sein Vorschlag. Wir haben uns ihm nicht aufgedrängt, und das lässt mich erst mal annehmen, dass er mit dem Mord nichts zu tun hat.«

»Was genau das sein kann, was er damit erreichen wollte«, betonte Louise.

Nathalie nickte und ließ den Motor an. »Ich weiß, ich bin ja auch nicht der Meinung, dass er unschuldig ist. Nur halte ich ihn im Umkehrschluss nicht zwangsläufig für schuldig. Ich weiß noch gar nicht, was ich von ihm denken soll.«

»Zugegeben«, merkte ihre Freundin nachdenklich an, als sie bereits auf der Landstraße in Richtung Earlsraven unterwegs waren. »Er macht auf mich auch keinen richtig verdächtigen Eindruck. Bloß sein Lächeln hat etwas zu Beharrliches, finde ich.«

»Mag sein, aber in seiner Branche dürfte es ihm in Fleisch und Blut übergegangen sein, anderen etwas vorzuspielen.« Nathalie zuckte flüchtig mit den Schultern. »Ich denke, da kann man nur schwer auf Normalbetrieb umschalten und plötzlich seine wahren Gefühlsregungen erkennen lassen.«

»Apropos Gefühlsregungen: Ich weiß nicht, ob ihm die Nachricht von Keetjes Tod wirklich nahegegangen ist«, ergänzte Louise und zog ihr Smartphone aus der Tasche, um eine SMS zu lesen, die eben eingegangen war.

Nathalie bremste ab, als sie sich einer Kreuzung näherten, an der sie scharf nach rechts abbiegen mussten. »Ich weiß, was du meinst. Es hat ihn zwar getroffen, doch er ist nicht gerade in Tränen ausgebrochen. Weißt du, ich will den Mann nicht in Schutz nehmen, trotzdem glaube ich, dass ihm das sicher erst jetzt so richtig bewusst wird, wenn er allein ist. Wir wissen nicht, wie sein Verhältnis zu Keetje war …«

»Wonach wir ihn hätten fragen sollen«, warf Louise ein. »Wie konnten wir das vergessen?«

»Keine Ahnung«, sagte Nathalie verwundert. »Irgendwie hat sich die Unterhaltung ganz schnell in eine andere Richtung bewegt, und dann ist mir diese Frage gar nicht mehr in den Sinn gekommen.«

Die Köchin nickte. »Mir auch nicht. Wir werden wohl langsam alt.«

»Ich würde eher sagen, dass wir nachlässig werden«, konterte Nathalie, während sie langsamer wurde und an den Rand fuhr, um auf der schmalen Straße einen entgegenkommenden Bus passieren zu lassen.

»Egal, wir können das später nachholen, wenn er vorbeikommt, um alles zu besprechen«, sagte Louise.

»Unbedingt«, fand Nathalie. »Ich glaube aber, dass das Verhältnis zwischen beiden noch so eng gewesen sein kann, trotzdem wird die Nachricht von Keetjes Tod bei ihm ganz bestimmt zuallererst die Frage ausgelöst haben: ›Was wird jetzt aus der Show?‹«

»*Was* wird aus der Show? *Deine* Show?«, fragte Ronald völlig verdutzt.

»Denkst du etwa, ich erfülle das Kriterium ›Hottie‹ nicht?«

»Ach, Unsinn, Louise. Aber du hast noch nie Fernsehen gemacht.«

»Ich war schon mal falsche Nachrichtensprecherin«, hielt Louise dagegen. »Ganz so schlecht kann ich nicht sein.«

»Falsche Nachrichtensprecherin?«, wollte Lazebnik erstaunt wissen. »Warum denn das?«

Nach der Rückkehr von ihrem Treffen mit dem Fernsehproduzenten Campbell hatten sich Nathalie und Louise mit dem Constable auf der Wache verabredet, um zu besprechen, was sie herausgefunden hatten. Außerdem ließen sie ihn wissen, dass die Fotos und Berichte im Internet erst mit zwei Tagen Verspätung hochgeladen wurden, um Keetje und ihre Begleiterin vor möglichen übereifrigen Fans zu schützen – was in Keetjes Fall nicht von Erfolg gekrönt gewesen war.

Zum Treffen am frühen Nachmittag waren auch Martin Lazebnik und Jean-Louis Talradja erschienen, da sie beide in den Fall einbezogen worden waren und auch auf dem Laufenden gehalten werden wollten. Nathalie hätte sich gewünscht, dass Fred auch dabei sein könnte, aber er hatte mit den Ermittlungen nichts zu tun, außerdem musste er sich um den Landmarkt kümmern. Sie konnte nicht den Mann bevorzugt behandeln, den sie als Manager eingestellt hatte, nur weil er ihr Freund war. Damit würde sie nur ein falsches Zeichen für die anderen Angestellten setzen, auf die sie ohnehin ein wachsames Auge haben musste, weil sie sich zum größten Teil aus der Künstlergruppe rekrutierten, mit der Fred vor Monaten nach Earlsraven gekommen war. Allein schon mit Blick auf ihre Angestellten im Black Feather konnte Nathalie nicht mit zweierlei Maß messen und Freds Freunden Freiheiten gewähren, die den Mitarbeitern von Pub, Café und Hotel verwehrt blieben. Daher war es besser, Fred nicht nur aus diesen, sondern möglichst aus allen polizeilichen Ermittlungen herauszuhalten. Nathalie hatte sich bereits vorgenommen, nur dann auf seine Hilfe zurückzugreifen, wenn es sich um eine Aufgabe handelte, für die er oder einer der anderen Künstler besser geeignet war, weil eine bestimmte Tarnung erforderlich war.

»Wir hatten einen Spion hochgehen lassen, der nichts zu seinem Auftrag sagen wollte«, erklärte Louise auf Martin Lazebniks Frage hin und lehnte sich gegen den Schalter, der früher einmal einen Teil der Bank ausgemacht hatte, die in diesem Gebäude untergebracht gewesen war. Nach der Schließung hatte man kurzerhand eine Polizeiwache eingerichtet, aber aus Kostengründen die Einrichtung unverändert gelassen. Deshalb gab es immer noch das Panzerglas, ebenso wie einen Tresorraum, den Ronald oft als die »sicherste Gefängniszelle der Welt« bezeichnete. »Der Mann wurde zum Verhör immer in einen Raum gebracht, in dem ein Fernseher stand, auf dem die ganze Zeit über Nachrichten aus aller Welt liefen. Das war jedes Mal so, und hin und wieder wurde ich ins laufende Programm eingeblendet, um die Nachrichten zu verlesen, damit er sich an mein Gesicht gewöhnte. Das waren alles echte Nachrichten, damit ich auch glaubhaft rüberkam. Nach sechs oder sieben Tagen, die der Spion schweigend verbracht hatte, schaffte man ihn wieder in das Zimmer. Auch dieses Mal liefen die Nachrichten, wieder war ich im Bild. Aber diesmal las ich eine Nachricht vor, der zufolge ein Doppelagent gefasst worden war, der den Behörden gleich nach der Verhaftung volle Zusammenarbeit zugesichert hatte. Wir hatten Grund zu der Annahme, dass unser Gefangener von diesem Doppelagenten entlarvt werden würde, sollte der tatsächlich einmal auspacken. Was soll ich sagen? Es hat geklappt. Unser Gefangener bekam einen Schweißausbruch, und dann war er auf einmal nicht mehr zu bremsen, so groß war sein Mitteilungsbedürfnis.«

»Aber wir reden hier von einer Kochshow«, wandte Ronald ein. »Das ist doch etwas ganz anderes.«

»Lass sie doch«, sagte der Anwalt. »Wenn Louise sich das zutraut, dann soll sie das auch machen. Wir sollten ihr alle Erfolg wünschen.«

»Danke, Martin, und außerdem geht es ja gar nicht darum, Star einer Kochshow zu werden«, stellte Louise ein wenig genervt klar.

»Und um was geht es dann?«

»Ich will zum Beispiel mit Marcia reden – von Angesicht zu Angesicht«, sagte sie.

»Sie war doch schon weg, als es passiert ist«, erwiderte der Constable.

Nathalie hatte das Gefühl, dass Ronald heute nicht so

ganz er selbst war. Kurz nach ihrem Umzug nach Earlsraven war diese Ratlosigkeit und das zeitweilige Unvermögen, einer Unterhaltung zu folgen, noch verständlich gewesen. Mit Sicherheit hatte es auch damit zu tun gehabt, dass kurz zuvor ihre Tante Henrietta gestorben war, die ein Verhältnis mit dem Polizisten gehabt hatte. Zu ihren Lebzeiten musste sich Ronald oft etwas trottelig benommen haben, wie Louise erzählt hatte, doch mit der Zeit war Nathalie etwas klar geworden: Es war für den Constable bequemer gewesen, sich manchmal ein bisschen dumm zu stellen, damit Henrietta die Arbeit erledigte, für die eigentlich er zuständig war. Und es musste auch an Henriettas Art gelegen haben, die anderen manches Mal zu wenig zugetraut hatte. Auf jeden Fall war Ronald nach dem Tod ihrer Tante als Polizist regelrecht aufgeblüht, was seine momentane Begriffsstutzigkeit umso unverständlicher machte.

»Trotzdem kann sie etwas Wichtiges beobachtet haben«, meldete sich Nathalie zu Wort. »Und wir wissen nicht, wer von der Crew bereits in den Niederlanden ist und wer erst noch für die Dreharbeiten den Kanal überqueren muss. Es ist also denkbar, dass es Kollegen gibt, die nach Marcias Abreise Keetje aufgesucht haben könnten, weil sie wussten, sie war allein im Wald unterwegs.«

»Den Kanal überqueren?«, fragte der Constable verwundert. »Welchen Kanal?«

»Den Ärmelkanal.«

»Wo willst du hin? Nach Frankreich?«, rief er ungläubig.

»Nein, in die Niederlande, die Show wird da aufgenommen«, erklärte Louise noch einmal, nachdem sie es im ersten Gespräch mit ihm schon einmal erwähnt hatte. Offenbar hatte er da nur mit einem halben Ohr zugehört.

»Warum da?«, wollte Martin Lazebnik wissen.

»Die Show ist eine Co-Produktion, und der niederländische Geldgeber stellt dabei das Studio zur Verfügung«, antwortete Nathalie. »Da ist es halt kostengünstiger, die Mitarbeiter aufs Festland zu schicken, anstatt hier ein eigenes Studio zu bauen.«

Der Anwalt nickte verstehend. »Und wann geht es los?«

»Am Mittwoch soll mit der Produktion der neuen Episoden begonnen werden«, sagte Louise. »Ich nehme an, dass es erst mal eine lange Besprechung geben wird, um zu sehen, wie das Konzept auf mich zugeschnitten werden muss. Na ja, und diese Gelegenheit werde ich nutzen, um mit den Leuten über Keetje zu reden und um zu erfahren, wer sie mochte und wer nicht. Ich werde mich erkundigen, ob es Streit gab, ob jemand ihretwegen seinen Job verloren hat, ob jemand zudringlich geworden ist, ob sie die Leute gut behandelt oder ausgenutzt hat und so weiter.«

»Und das willst du ganz allein erledigen?«, fragte Ronald sichtlich beunruhigt.

»Ich ...«, begann sie und nickte bereits.

»Nicht ganz allein. Ich begleite sie.«

Alle drehten sich um und sahen den Anwalt an, von dem diese Worte gekommen waren.

»Du machst *was?*« Louise schüttelte sofort abwehrend den Kopf.

»Ich begleite dich«, wiederholte Martin. »Du begibst dich nicht allein auf ein solches Abenteuer.«

»Abenteuer?« Louise konnte sich ein Grinsen nicht verkneifen. »Das ist kein Abenteuer, das ist ein Spaziergang. Ich rede mit den Leuten über Keetje und höre mir an, was sie zu sagen haben.«

»Schön und gut, aber du kannst davon ausgehen, dass dieser Campbell dich nicht bloß als die neue Köchin ankündigen wird, die als Retterin in letzter Sekunde einspringt. Er wird bestimmt auch sagen, dass er dich kennengelernt hat, als du im Auftrag der örtlichen Polizei zu ihm gekommen bist, um mit ihm über den Star seiner Sendung zu reden, dem angeblich von einem Unbekannten der Schädel eingeschlagen wurde. Da wird doch keiner mit dir reden wollen, zumal alle wissen, dass du keinerlei Befugnis hast, durch die Welt zu reisen und Leute zu diesem Mordfall zu befragen. Da wird der Täter höchstens versuchen, dich aus dem Weg zu räumen und in der Nordsee verschwinden zu lassen!«

Louise nickte. »Ich weiß zu schätzen, dass du so um mein Wohl besorgt bist, Martin, doch ich glaube, dass das Ganze zu unserem Vorteil funktionieren wird«, sagte sie in besänftigendem Tonfall, da sich der Anwalt mit jedem Satz weiter über den Leichtsinn ereiferte, den sie seiner Meinung nach an den Tag legte. »Überleg mal, wie das für einen Außenstehenden aussehen muss. Eine Köchin assistiert dem örtlichen Constable, um Ermittlungen in einem Mordfall anzustellen. Wer meinen Hintergrund nicht kennt, wird doch glauben, dass hier Stümper am Werk sind. Und dann verbreitet dieser Constable auch noch, dass Keetje Koopmans erschlagen wurde. Was soll denn der Täter denken, der die Wahrheit von den Giftpilzen kennt? Der wird sich freuen, dass sich solche Dilettanten mit dem Fall befassen, die nicht mal in der Lage sind, die wahre Todesursache herauszufinden. Das wird ihn unvorsichtig machen und vielleicht sogar ein wenig überheblich, weil er der Meinung sein wird, dass wir ihm nichts anhaben können.«

»Mag alles sein«, gab Martin zurück. »Ich komme trotzdem mit.«

»Aber ich …«

»Ich muss nächste Woche bei der Rotterdamer Filiale

eines Mandanten zu einem Verhandlungstermin mit einem möglichen Partner reisen«, sprach er weiter, ohne sie zu Wort kommen zu lassen. »Mein Mandant stellt mir einen Wagen – einen Jaguar, um genau zu sein – zur Verfügung, mit dem ich die ganze Woche unterwegs sein kann. Wir fahren hin, ich nehme zwischendurch meinen Termin in Rotterdam wahr, und wenn du mit den Aufnahmen fertig bist, fahren wir wieder nach Hause. Und wenn du zwischendurch Zeit hast, können wir ja gemeinsam etwas unternehmen. Vielleicht einen Spaziergang am Strand, oder – falls du nach den vielen Stunden am Herd doch noch Lust hast – ein gemeinsames Abendessen …«

»… mit anschließendem Frühstück«, fügte Talradja grinsend an.

»J.L.!«, rief Nathalie warnend und schüttelte den Kopf.

»Was denn?«, fragte der Gerichtsmediziner mit Unschuldsmiene. »Ich habe nur das ausgesprochen, was die beiden Turteltauben sowieso gedacht haben, stimmt's?«

Louise stand da und bekam einen roten Kopf. Martin betrachtete demonstrativ die Deckenverkleidung.

Talradja drehte sich wieder zu Nathalie um. »Na, was habe ich gesagt? Also, meine Lieben, damit wäre das geklärt. Ihr zwei fahrt ins Land der Tulpen und verbringt dort eine schöne Zeit, und auf dem Rückweg könnt ihr uns ja Keetjes Mörder mitbringen.« Dann klatschte er zweimal in die Hände und ging zur Tür. »Und jetzt alle wieder an die Arbeit.«

Als hätte Jean-Louis die Befehlsgewalt über sie alle, trotteten Martin und Louise hinter ihm her nach draußen, sagten aber kein Wort.

Nathalie wartete, bis sie alle die Wache verlassen hatten, dann fragte sie den Constable: »Ist mit dir alles in Ordnung?«

»Was? Ja, ja.«

»Du wirkst etwas abwesend.«

»Ich … ähm … bin nur in Gedanken.«

»Bei wem oder was?«

Er druckste einen Moment lang rum. »Bei … Steph. Sie … sie will nach Earlsraven ziehen.«

»Tatsächlich? Das ist ja toll, dann lernen wir sie endlich einmal besser kennen«, sagte sie erfreut. »Ich weiß, sie hat im Black Feather übernachtet, und ich hatte da ja schon den Eindruck, dass sie ein Auge auf dich geworfen hatte. Aber das ist ja schon Monate her. Ich habe sie eigentlich immer nur gesehen, wenn ihr beide aus dem Pub kamt und ich gerade hineingelaufen bin. Ich glaube, ich habe mit ihr noch nicht mehr als zwei Sätze geredet. Schön, dass sich das ändern wird.«

»Findest du?«

»Du etwa nicht?«

»Ich … ich weiß nicht«, murmelte er.

Nathalie lächelte ihn an. »Na komm, sie zieht nach Earlsraven, aber sie zieht doch nicht gleich bei dir ein, oder?«

»Nein, nein, das nicht!«, wehrte er sofort ab. »Das hat noch Zeit. Viel Zeit.«

Sie beugte sich vor und klopfte ihm auf die Schulter. »Das wird schon werden, Ronald.«

»Alles klar, Mr Campbell, dann habe ich wohl alle Informationen zusammen, die ich brauche«, sagte Louise nach der Unterhaltung mit dem Produzenten der Kochshow, der am späten Nachmittag wie zugesichert in den Pub gekommen war. »Ähm … Constable Strutner würde auch noch gern mit Ihnen reden.«

Raymond Campbell nickte zustimmend. »Kein Problem. Wir beide telefonieren morgen Nachmittag, wenn Sie vor Ort sind. Spätestens dann können irgendwelche Fragen auftauchen, und die werden auftauchen, darauf können Sie wetten.«

Louise verzog den Mund. »Ich hoffe nur, es werden keine allzu dummen Fragen sein.«

»Miss Cartham, Sie können mich alles fragen, auch wenn es Ihnen noch so dumm vorkommt«, versicherte er. »Fragen Sie lieber, anstatt etwas zu tun, was unerwünschte Folgen nach sich ziehen könnte. Stellen Sie jede Frage, die Ihnen in den Sinn kommt.«

»Haben Sie Miss Koopmans umgebracht?«

Louise zuckte zusammen, als sie Ronalds Stimme von der Tür her hörte. Auch Campbell hatte leicht gezuckt, da ihm der Constable nicht aufgefallen war, der sich unbemerkt in den Raum geschlichen hatte.

»Himmel, musst du mich so erschrecken?«, fuhr Louise den Polizisten an, als der näher trat und Campbell mit Handschlag begrüßte.

»Ich dachte, du hättest mich gesehen«, erwiderte er forscher als noch ein paar Stunden zuvor. »Tut mir leid.«

Sie winkte ab. »Halb so wild. Ich war wohl noch zu sehr auf all das konzentriert, was Mr Campbell mir erzählt hat.« Louise nickte dem Produzenten zu, dann verließ sie den Tisch.

»Sie müssen Constable Strutner sein«, sagte Campbell, als Ronald sich zu ihm setzte. »Miss Cartham sprach davon, dass Sie noch mit mir reden wollen.«

»Das ist richtig.«

»Und worum geht es?«

»Nun, Sie könnten zunächst meine Frage beantworten«, entgegnete Ronald freundlich und strich sich über den Schnauzbart.

»Ihre Frage?«

»Ja. Meine Frage, ob Sie Miss Koopmans umgebracht haben.«

Campbell stutzte. »Warum sollte ich so etwas tun?«

Ronald zuckte mit den Schultern. »Warum geben Sie mir nicht erst einmal eine Antwort auf meine Frage?«

»Was? Nein, ich habe sie natürlich nicht umgebracht!«, gab Campbell aufgebracht zurück. »Was hätte ich davon? Keetje ist … war unser Star.«

»Manchmal möchte man einen solchen Star aber auch gern zum Mond schießen«, hielt der Constable dagegen. »Oder unter die Erde bringen. Gab es Differenzen? Wollte Miss Koopmans eine höhere Gage haben? Mehr Sendezeit? Mehr Einfluss?«

Der Produzent nickte bedächtig. »Ich verstehe, was Sie meinen. Doch ich kann alles nur verneinen. Keetje war keine Frau, die nur haben, haben, haben wollte, weil sie bekannt, reich und erfolgreich war. Sie war sogar das Gegenteil von geschäftstüchtig. Jede Idee für Produkte rund um die Show musste man ihr mindestens ein halbes Dutzend Mal schmackhaft machen, bevor sie darauf einging. Wenn das Produkt dann ankam und lief, stand sie auch zu hundert Prozent dahinter. Aber erst dann.«

»Wenn Sie keinen Ärger mit ihr hatten, wie sah es dann mit den Kollegen aus?«

Campbell atmete tief durch und schüttelte dann den Kopf. »Meines Wissens gab es da keine Probleme. Allerdings weiß ich das nicht aus erster Hand. Wenn es zu irgendwelchen Reibereien bei den Dreharbeiten kam, dann nicht in einer Form, dass mir davon etwas bekannt geworden wäre.« Er zuckte flüchtig mit den Schultern. »Was natürlich auch bedeutet, dass es nie etwas Gravierendes gewesen sein kann, selbst wenn etwas vorgefallen sein sollte. Als Produzent werde ich über alles auf dem Laufenden gehalten, also vor allem darüber, wie viel Material am Tag gefilmt wurde. Hätte es Probleme gegeben, die den Ablauf gestört hätten, dann wäre mir das mitgeteilt worden.« Nach einer kurzen Pause fügte er hinzu: »Und selbst wenn das Team eisern geschwiegen hätte, es wäre durch das Publikum an die Öffentlichkeit gelangt, weil davon auf Facebook, Twitter und allem anderen berichtet worden wäre.«

»Sind Sie eigentlich nie bei den Aufnahmen anwesend?«

»Doch, am Anfang war ich jeden Tag rund um die Uhr dabei«, versicherte ihm der Produzent. »Da gehen tausend Dinge schief, die fast alle sofort geklärt und entschieden werden müssen, und so was geht nur, wenn derjenige, der diese Entscheidungen treffen kann, vor Ort ist. Schließlich kostet das alles viel Geld, und zehn Minuten Stillstand wegen irgendeiner Lappalie bringen schon den ganzen Plan aus den Fugen. Aber mit der Zeit lief es immer glatter, und heute gibt es so gut wie keine Probleme mehr. Das Team ist so eingespielt, dass es alles eigenständig regelt; da muss ich nicht mehr danebenstehen. Ich bekomme das Rohmaterial und eine erste Schnittfassung geliefert, und es kommt nur darauf an, dass damit alles in Ordnung ist.«

Ronald machte sich Notizen, dann sah er Campbell wieder an. »Also ist außer Ihnen jeder Mitarbeiter in den Niederlanden, um morgen beziehungsweise am Mittwoch mit den Dreharbeiten zu beginnen?«

»Ja, alle, die mit den ersten fünf Episoden der neuen Staffel beschäftigt sind, halten sich jetzt schon im Studio auf und richten alles ein. Das ist nötig, weil zum einen bei jeder Staffel ein paar kleinere Dinge verändert werden, damit der Zuschauer sieht, dass sich die Serie weiterentwickelt. Zum anderen ist es so, dass, übertrieben gesagt, zweimal in der Woche neue Küchengeräte auf den Markt kommen, und bei denen muss getestet werden, wie viel Lärm die machen, wo man sie platzieren kann, damit sie Keetje … ähm … Miss Cartham bei der Küchenarbeit während der Show unterstützen, anstatt sie unnötig kompliziert zu machen.«

Der Constable ließ sich die erste Aussage des Produzenten noch einmal durch den Kopf gehen. »Verstehe ich das richtig, dass es auch noch Mitarbeiter gibt, die mit den ersten fünf Folgen nichts zu tun haben und die sich daher auch nicht in den Niederlanden aufhalten?«

Campbell nickte. »Das ist richtig. Es gibt zwei Teams, die wir für die Show einsetzen. Regisseur, Kameramann, Regieassistent und einige Positionen mehr sind alle doppelt besetzt. Jetzt ist das eine Team da, für die nächsten fünf Folgen reist das zweite Team rüber. Auf diese Weise kann immer ein Team ohne Pause durcharbeiten und sich anschließend eine Woche lang erholen.«

»Also ist das zweite Team noch hier in England?«, hakte Ronald nach.

»Ja, richtig.«

»Dann brauche ich die Namen und Adressen aller Mitarbeiter des Teams, das jetzt nicht im Einsatz ist«, sagte er. »Und damit meine ich auch die niederländischen Kollegen, die in den letzten Tagen freihatten.«

Der Produzent stutzte. »Was wollen Sie mit den niederländischen Kollegen? Die sind da drüben, wir sind hier.«

»Und von da drüben hätten sie jederzeit mit der Fähre, dem Zug oder dem Flugzeug herkommen, Miss Koopmans ermorden und wieder heimkehren können«, machte der Constable ihm klar. »Sie verstehen?«

»Oh!« Campbell nickte. »Das ist natürlich was anderes. Die Namen und Adressen kann ich Ihnen zusammenstellen, aber für die englischen Kollegen lege ich meine Hand ins Feuer. Keiner von ihnen wäre dazu in der Lage gewesen, Keetje etwas anzutun.«

»Wie heißt es so schön? ›Man kann den Menschen nur *vor* den Kopf schauen.‹ Davon abgesehen nehme ich nicht an, dass Sie von Ihrem Regieassistenten ein aktuelles polizeiliches Führungszeugnis haben«, wandte Ronald ein. »Also können Sie relativ wenig dazu sagen, ob sich da in der Zwischenzeit irgendwelche Vorstrafen angesammelt haben. Ich weiß, dass *Sie* keine Vorstrafen haben. Aber über Ihre Mitarbeiter kann ich keine Aussage machen.«

»Da sehen Sie mal, was für ein unbeschriebenes Blatt ich bin«, sagte Campbell grinsend.

»Ach, wissen Sie, man kann auch ein unbeschriebenes Blatt sein, weil man in der Lage ist, seine Opfer zu erpressen, damit sie einen nicht anzeigen, Mr Campbell«, entgegnete Ronald mit dem gleichen Grinsen. »Deshalb ist man noch lange nicht unschuldig, nicht wahr?«

Campbell erwiderte nichts, sondern behielt nur das Grinsen bei.

Sechstes Kapitel, in dem Louise eine Reise unternimmt und bedroht wird

Am nächsten Tag saßen Louise und Lazebnik in ihren Liegestühlen auf dem Deck der Kanalfähre und sahen hinaus aufs Meer. Die Sonne schien, der Himmel war strahlend blau, ein leichter Wind sorgte für angenehme Abkühlung. Louise nippte an ihrem Eiskaffee und warf ihrem Begleiter einen mitfühlenden Blick zu.

Der war kurz nach Beginn der Überfahrt ziemlich schweigsam und sehr blass geworden, woran sich auch nichts geändert hatte, nachdem Louise ihn an Deck gebracht und in den Liegestuhl verfrachtet hatte. Martin wollte weder etwas essen noch trinken, sondern saß nur da und gab sich recht einsilbig.

Auf einmal atmete er tief durch und zog die Augenbrauen hoch, was ihn gleich viel lebendiger erscheinen ließ.

»Besser?«, fragte sie.

»Ja, ein wenig«, sagte er, ohne den Blick vom Horizont zu nehmen. »Dein Tipp war gut. Wenn ich mich auf dieses Schiff dahinten konzentriere, macht mir das Schaukeln nicht mehr so viel aus.« Dabei zeigte er auf einen weit entfernten, winzigen hellen Punkt auf dem Wasser.

»Warum nimmst du bloß eine Fähre, wenn du seekrank wirst, sobald die den Hafen verlässt? Oder passiert dir das heute zum ersten Mal?«

»Ja, weil ich auch zum ersten Mal die Fähre nehme«, antwortete der Anwalt und drehte den Kopf so, dass sein schwaches Lächeln erkennbar Louise galt, während er die Augen weiter auf den Punkt nahe dem Horizont gerichtet ließ.

»Aber warum?«

»Weil eine Seefahrt romantischer ist als ein Flug oder eine Zugfahrt durch den Tunnel«, sagte er.

Unwillkürlich musste Louise lachen. »Es ist auch sehr viel romantischer, wenn der Begleiter die Überfahrt nicht über der Reling hängend verbringt.«

»Tut mir leid, Louise«, erwiderte er und fasste nach ihrer Hand, die auf der Lehne ihres Liegestuhls lag. »Ich hatte mir das anders vorgestellt.«

»Der Gedanke zählt, Martin«, versicherte sie ihm. »Der Gedanke zählt.«

»Dann … hättest du nichts dagegen gehabt, wenn es romantischer geworden wäre, als … als es jetzt ist?«, fragte er und trank in winzigen Schlucken aus seinem Wasserglas.

Mit der freien Hand strich sich Louise über die Stirn. »Vermutlich nicht.«

Der Anwalt brachte ein breites Grinsen zustande. »Dann werden wir nach dem gemeinsamen Abendessen auch gemeinsam frühstücken.«

Sie legte den Kopf schräg und sah ihn amüsiert an. »Dir geht es tatsächlich etwas besser, wenn du in deiner Verfassung an Abendessen und Frühstück denken kannst.«

Er stutzte kurz, wandte sich Louise zu und sah sie zum ersten Mal richtig an, seit er sich mit kreidebleicher Miene in den Liegestuhl gesetzt hatte. »Ja, du hast recht, ich fühle mich besser. Scheint so, als hättest du eine heilende Wirkung auf mich.«

»Da bist du aber so ziemlich der Einzige«, gab sie zurück und zwinkerte ihm zu. »Die Leute, die mir in meinem früheren Beruf über den Weg gelaufen sind, hätten sich eine solche Wirkung gewünscht.«

»In deinem früheren Beruf? Stimmt es wirklich, dass du beim Geheimdienst warst?«

Nach kurzem Zögern nickte sie. »Ja, das stimmt schon, aber ich rede nicht oft darüber, und wenn, gehe ich nie ins Detail.« Louise sprach weiter und merkte, dass sie Freude daran hatte, diesem Mann von ihrem früheren Leben zu erzählen. Zumindest das, was sie erzählen konnte.

Martin hörte zu und nickte hin und wieder. Er war so auf ihre Schilderungen konzentriert, dass er die Schaukelbewegungen der Fähre gar nicht mehr wahrnahm. Louise beschloss, noch mehr zu erzählen, was sie bedenkenlos weitergeben konnte, wenn es ihr so gelang, ihn von seiner Seekrankheit abzulenken.

»Und welcher Geheimdienst war das?«, fragte er interessiert. »MI5? MI6? MI… keine Ahnung, wie viele es da gibt. Oder etwa U.N.C.L.E.?«

Seine letzte Äußerung ließ sie auflachen, dann entgegnete sie: »Du bekommst die gleiche Antwort wie jeder andere auch: Wenn ich dir sage, wie der Geheimdienst heißt, ist er ja nicht mehr geheim, nicht wahr?«

»Raffiniert, Louise«, meinte er in anerkennendem Tonfall. »So kann man sich vor einer Antwort drücken. Dann bist du also so etwas wie eine … eine Jane Bond? Kann man das so sagen?«

»*War* ich, und ja, man kann es so sagen«, erwiderte Louise. »Ich glaube, jeder, der von meinem früheren Beruf weiß, hat den Kalauer schon gebracht.«

»Oh.« Er sah sie betreten an.

»Aber ich nehme ihn niemandem übel, weil ich ja weiß, wie es gemeint ist«, versicherte sie. »Und jetzt lass uns das Thema wechseln, Martin.«

»Gern«, stimmte er ihr zu und verdrehte plötzlich ein wenig die Augen, dann fügte er mit einem schwachen Anflug von Ironie an: »Reden wir doch über meine Seekrankheit.« Er presste die Lippen zusammen, drehte sich weg und konzentrierte sich wieder auf eines der Schiffe am Horizont.

»Gute Idee.« Louise seufzte leise und drückte leicht seine Hand.

»Wenn du willst, können wir jetzt zur Wache gehen«, sagte Ronald, nachdem er Nathalies Büro betreten hatte. »Brian Collins hat angerufen, er will in einer Viertelstunde da sein.«

»Bin sofort fertig«, antwortete Nathalie, ohne aufzusehen, und hakte die letzten drei Positionen auf dem Lieferschein ab. »So. Ich bin da. Collins ist …«

»… der Regisseur des zweiten Teams«, erwiderte der

Constable. »Die Kollegen waren heute Morgen schon sehr fleißig.«

»Das heißt?«, fragte sie und stand auf, um Ronald zur Tür zu folgen.

»Die haben das komplette übrige Team zum Teil schon gestern Abend befragt, den Rest heute Morgen«, sagte er und stutzte, als er sah, dass Nathalie die Tür zuzog und den Schlüsselbund aus der Hosentasche nahm. »Du schließt ab?«

»M-hm. Wenn Louise im Haus ist, brauche ich das nicht, weil ich weiß, sie bekommt mit, wenn jemand durch den Flur schleicht, der hier nichts zu suchen hat. Und sie weiß, wie sie einen Einbrecher außer Gefecht setzen muss, wenn er auf sie losgehen sollte.« Mit einem Schulterzucken fuhr sie fort: »Ich kann von den anderen nicht erwarten, dass sie auch noch mein Büro im Auge behalten, wenn vorn alles voll ist.«

»So wie jetzt«, sagte Ronald. »Kurz nach eins, und es ist kein Tisch mehr frei.«

»Ja, ich weiß. Heute ist hier der Teufel los. Ich habe zwar keine Ahnung, warum das so ist, auf jeden Fall haben erst Pete und dann Harold schon vor einer halben Stunde gefragt, ob sie den Gästen aus dem Pub einen Tisch im Café geben können.« Sie gingen den Korridor entlang und bogen nach rechts in den Café-Bereich ab, um auf diesem Weg das Gebäude zu verlassen. »Normalerweise vermeide ich das, weil ich es selbst nicht mag, wenn es nach Braten, Eintopf und Pasteten riecht, während ich ein Stück Kuchen esse.« Sie durchquerten das Café, gut drei Viertel der Tische waren besetzt – ausnahmslos mit Gästen aus dem Pub. Einige von ihnen nickten Nathalie zu, sie erwiderte den Gruß mit einem Lächeln in die Runde. »Aber zum Glück ist es heute so schön sonnig, dass die Café-Besucher alle auf der Terrasse sitzen wollen.«

»Ist mir beim Hereinkommen aufgefallen«, bestätigte der Constable. »Man könnte meinen, dass heute Sonntag ist, weil so viele einen Ausflug unternehmen.«

»Was haben die Befragungen durch die Kollegen ergeben?«, erkundigte sich Nathalie, um zum ursprünglichen Thema zurückzukehren. Das zweite Filmteam, das im Wechsel mit den Leuten zum Einsatz kam, die jetzt in den Niederlanden im Studio waren, wohnte über das ganze Land verstreut. Deshalb war es nötig geworden, andere Polizeidienststellen einzubeziehen, um nicht tagelang von einem zum anderen zu fahren, nur um eine Handvoll Fragen beantwortet zu bekommen.

»Nichts, was uns weiterbringen könnte«, antwortete Ronald. »Es scheint zwar nicht immer so harmonisch zuzugehen, wie Campbell es dargestellt hat. Aber das muss daran gelegen haben, dass sich sowohl Keetje Kopmans als auch diese Marcia je nach Tagesform wie Diven aufgeführt haben: Der Kaffee schmeckt nicht, er ist zu süß, er ist nicht süß genug, da ist ja keine Milch im Kaffee, da ist ja zu viel Milch im Kaffee, warum ist das keine fettarme Milch … Auf diesem Niveau muss sich das bewegt haben.«

»Und davon will Campbell nichts gewusst haben?«

Ronald hob die Schultern. »Die Stars der Show sind nicht austauschbar, aber wer hinter den Kulissen arbeitet, kann im Handumdrehen ersetzt werden. Für jeden Beleuchter stehen schon fünf andere Schlange, die mit Begeisterung einspringen, wenn ein Platz frei wird. Also wird sich auch keiner dieser Leute bei Campbell beschwert haben. Viel wahrscheinlicher ist, dass die alle gezittert und gehofft haben, dass keine der beiden Frauen sich bei Campbell über den schlechten Kaffee beschwert.«

Nathalie lachte auf. »Ja, stimmt, du hast recht.«

Sie gingen an den kleinen Einfamilienhäusern vorbei, die die Zufahrtsstraße zum Black Feather zu beiden Seiten säumten, überquerten die Hauptstraße, die die einzelnen Dörfer miteinander verband, und begaben sich zum kleinen Marktplatz, um den herum Earlsraven vor Jahrhunderten entstanden war. Die grünen Baumkronen nahmen die Sicht auf die Häuser hinter ihnen und tauchten sie im späten Frühjahr und den Sommer über in einen fast immerwährenden Schatten. Zu sehen waren nur die Ladenlokale, von denen inzwischen nicht mehr viele als Geschäftsräume genutzt wurden. Stattdessen waren die Räumlichkeiten in Wohnungen, Büros und in zwei oder drei Fällen in Hobbyräume umgebaut worden.

Als sie den Platz überquerten, wurde ihnen ein »Juhuu« hinterhergerufen. Sie schauten sich um und erblickten Paige Rittinghouse, die soeben aus ihrer Buchhandlung gekommen war, um ein paar Bücher auf dem Sonderangebotstisch zu verteilen. Sie winkten ihr zu, gingen aber weiter, da ein Mann vor der Polizeiwache stand und auf jemanden zu warten schien. Paige hatte ihnen bereits eine lange Liste mit aktuell aktiven Kochbuchautoren zusammengestellt, die als potenzielle Neider infrage kamen. Hätte die Buchhändlerin noch einen Nachtrag für sie gehabt, hätte sie es gerade eben sicher nicht bei einem einfachen Gruß belassen.

»Sie müssen Mr Collins sein«, sagte Ronald beim Näherkommen. »Ich bin Constable Strutner, das ist meine Assistentin Nathalie Ames.«

»Der bin ich.« Collins tippte mit zwei Fingern an seine Schläfe. »Constable. Miss Ames.«

Brian Collins war eine auffällige Erscheinung. Er war

gut einen halben Kopf kleiner als Nathalie und von recht schmächtiger Statur. Der rötliche Schnauzbart war so dicht und ausladend, dass er den Mann in Verbindung mit der Halbglatze wie eine kleine Mähnenrobbe aussehen ließ. Er war ganz in Schwarz gekleidet. Unter dem Hemdkragen lugte ein Teil einer Tätowierung hervor, die wie ein Wust zappelnder Tentakel aussah.

Ronald schloss die Tür auf, ging vor und schaltete das Licht ein. Nathalie ließ Brian Collins den Vortritt und folgte ihm in die Wache. »Nehmen Sie doch Platz, Mr Collins«, bat der Constable.

Der Regisseur setzte sich an einen der beiden Schreibtische. Ronald nahm ihm gegenüber Platz, während Nathalie sich gegen den Tresen lehnte.

»Sie haben sicher bereits gehört, dass Miss Koopmans tot ist«, begann der Constable.

»Wer hat das nicht?«, gab Collins zurück. »Man müsste sich schon die letzten Tage im Keller eingeschlossen haben, um davon nichts mitzubekommen. Doch was hat das mit mir zu tun?«

»Berührt Sie Miss Koopmans' Tod nicht?«, fragte Ronald argwöhnisch und sah den Mann wachsam an.

»Doch, aber mich berührt mehr der Umstand, dass ich jetzt wohl keinen Job mehr habe«, konterte Collins etwas ungehalten. »Verzeihen Sie, wenn ich wegen Keetje nicht in Tränen ausbreche, Constable, doch sie war kein so netter Mensch, wie sie allen Leuten weisgemacht hat.«

»Wie soll ich das verstehen?«, hakte Ronald nach.

»Na ja, es musste alles nach ihren Vorstellungen ablaufen«, sagte er. »Ich bin der Regisseur und entscheide über die beste Position für die Kamera, aber das letzte Wort hat der Produzent. Der mit den ersten Aufnahmen der vorigen Staffel eigentlich sehr zufrieden war und grünes Licht geben wollte, bis die gute Keetje einen Blick auf das Material geworfen und sofort darauf bestanden hat, dass sie nicht mehr von schräg links, sondern von schräg rechts gefilmt wird, weil sie sich aus dem anderen Blickwinkel nicht sehen mag.«

»Und was hat Mr Campbell gesagt?«

»Dass wir bis zum nächsten Morgen alle Szenen noch einmal drehen müssen, in denen Keetje von der ›falschen‹ Seite aufgenommen worden ist.« Collins grinste flüchtig. »Wir haben aber letztlich nur ein Viertel der Szenen nachgedreht. Bei den meisten Einstellungen konnten wir das Bild einfach spiegeln, weil nichts Verräterisches zu sehen war, das uns den kleinen Trick hätte ruinieren können.«

»Könnten Sie sich vorstellen, dass jemand aus dem zweiten Drehteam dazu fähig wäre, Miss Koopmans zu ermorden?«, wollte Nathalie wissen.

»Aus dem zweiten Drehteam? Da kenne ich den Regisseur und seinen Assistenten näher, doch was den Rest angeht …«

»Ich meinte Ihr Team, Mr Collins.«

»Mein Team?« Der Regisseur riss ungläubig die Augen auf. »Entschuldigen Sie, Miss Ames, aber mein Team ist nicht das zweite, sondern das *erste.* Das *zweite* Team ist jetzt drüben und dreht die nächste Staffel. *Wir* waren die Ersten, die für *Hottie in da Kitchen* im Studio gestanden haben.«

»Okay, okay«, gab Nathalie zurück und hob beschwichtigend die Hände, ließ sich jedoch anmerken, dass sie Collins' Reaktion für überzogen hielt. »Dann ist Ihr Team eben das erste Team. Das ändert aber nichts an der Frage.«

Collins winkte ab. »Ja, schon gut, entschuldigen Sie. Sie können das ja nicht wissen. Von welcher Frage reden

Sie? Sie meinen, wer Keetje vielleicht umbringen wollte?« Er schüttelte den Kopf. »So nervig diese Frau auch sein konnte, glaube ich nicht, dass sie irgendeinen von meinen Leuten bis aufs Blut gereizt haben könnte.«

»Und Sie selbst, Mr Collins?«

Er lachte kurz auf. »Nein, dafür bin ich zu intelligent. Selbst wenn mir irgendwas Verrücktes einfallen würde, wie man jemanden so umbringen könnte, dass die Polizei garantiert nicht in der Lage wäre, einem die Tat nachzuweisen – was hätte ich davon, den Star einer langlebigen Show zu ermorden, die mir meinen Lebensunterhalt sichert? Ich würde mich ja selbst um meine Arbeit bringen.«

»Und was ist mit Marcia Wheeler?«, fragte Ronald, noch bevor der Mann ausgesprochen hatte. Er hoffe, Collins so zu überrumpeln und vielleicht zu einer überhasteten Antwort zu bewegen, mit der er sich verriet.

»Marcia? Die kann von Glück reden, dass sie nun diese eigene Show bekommt«, sagte der Regisseur ein wenig von oben herab. »Sie sieht zwar gut aus und ergänzt Keetje auf ihre ganz eigene Art, aber sie könnte nicht Keetjes Platz einnehmen. Ich denke, das weiß sie selbst auch ganz genau. Und jetzt, wo sie mit der eigenen Show starten will, braucht sie Keetje ja mehr denn je, damit sie von deren Einschaltquoten profitiert.« Er machte eine vage Geste. »Wenn ich meine Truppe so vor mir sehe, dann könnte ich bei keinem von ihnen ein Motiv erkennen. Keiner von uns würde von Keetjes Tod profitieren.«

»Kann man das auch für das andere Team sagen?«

Collins wiegte den Kopf hin und her. »Zumindest würde ich das von den zwei, drei Leuten behaupten, die ich näher kenne. Aber was da drüben abläuft, während wir hier sind, dazu kann ich natürlich nichts sagen.«

»Hat Miss Koopmans bei irgendeiner Gelegenheit davon gesprochen, dass sie bedroht wurde? Oder dass sie sich bedroht gefühlt hat?«, hakte Nathalie nach.

»In meiner Gegenwart ist davon nie die Rede gewesen«, sagte er nachdrücklich. »So was kann ich mir auch nicht vorstellen, sonst hätte Campbell für mehr Sicherheitsleute gesorgt. Im Studio ist nur der übliche Sicherheitsdienst, der dafür sorgt, dass die Zuschauer sich nicht gegenseitig über den Haufen rennen, wenn sie zu den Plätzen vorgelassen werden. Aber da ist auch noch nie was vorgefallen, das geht alles sehr friedlich zu.«

»Vielleicht ein Fan, der sich nicht bremsen konnte? Der ihr nachgestellt hat?«

»Nein, Constable, da war niemand, der mir irgendwie aufgefallen wäre«, beteuerte Collins. »Es gibt immer ein Kontingent an Karten für den Fanclub, doch die Leute achten selbst sehr genau darauf, dass da kein Spinner mit reinkommt. Die sind ja alle untereinander vernetzt und wissen, wer in Ordnung ist und wer sich etwas seltsam verhält.«

Ronald warf Nathalie einen fragenden Blick zu, sie reagierte nur mit einem Kopfschütteln. »Tja, Mr Collins, dann wäre das für den Augenblick alles. Es kann sein, dass sich noch die eine oder andere Frage ergibt. Dann werde ich mich bei Ihnen melden. Ihre Nummer habe ich ja.«

Der Regisseur verabschiedete sich und verließ die Wache, während Ronald sich zu Nathalie umdrehte. »Seine Aussage deckt sich weitestgehend mit dem, was meine Kollegen von den anderen Leuten aus Collins' Team erfahren haben. Keetje Koopmans konnte manchmal unausstehlich sein, aber alle haben darüber hinweggesehen, weil sie ihren Job nicht verlieren wollten. Ich sehe da nirgendwo einen Kandidaten, der diesen Mord begangen haben könnte.«

»Daran hat auch unsere Taktik nichts ändern können, die Giftpilze als Todesursache zu verschweigen«, sagte sie nachdenklich. »Wer hat ihr diese Pilze untergeschoben?«

»Was wäre, wenn derjenige sie mit den Pilzen gar nicht umbringen wollte?«, meinte Ronald und verschränkte die Hände hinter dem Kopf.

»Sondern?«

»Vielleicht sollte sie nur für eine Weile aus dem Verkehr gezogen werden. Frag mich nicht, wozu das gut sein soll. Es ist bloß ein Gedanke. Oder derjenige dachte, dass es sich um Pilze handelte, die einen Rausch auslösen. Vielleicht wollte ihr jemand eine Drogengeschichte anhängen«, überlegte er. »Möglicherweise ein Konkurrent, der wegen ihrer guten Einschaltquoten auf der Kippe stand. Er gibt ihr die Pilze, wartet, bis sie high ist, und schleppt sie dann ins nächste Krankenhaus, wo eine Blutuntersuchung ergibt, dass sie Drogen genommen hat.«

»Derjenige hätte aber immer in der Nähe sein müssen, um das zu bewerkstelligen«, hielt sie dagegen.

»Ist doch kein Problem. Er wandert einfach mit genügend Abstand hinter den beiden, ohne sie aus den Augen zu verlieren, und hofft auf eine günstige Gelegenheit. Dann sieht er, dass Marcia wegen ihrer Knieprobleme die Wanderung abbricht, was das Ganze für ihn noch einfacher macht. Jetzt ist Keetje allein, und er kommt rein zufällig vorbei, gesellt sich zu ihr und mischt ihr die Pilze ins Essen. Dann wartet er, bis sie high ist. Nur ist sie nicht bloß ein bisschen high, sondern im Delirium. Sie stürmt aus dem Zelt und fällt die Schräge hinunter. Er geht hinterher, weil er sie eigentlich zum

Drogentest bringen will, und sieht, was er angerichtet hat, nämlich dass er sie umgebracht hat. Daraufhin ergreift er die Flucht, und Tage später wird Keetje gefunden.«

Nathalie schaute nachdenklich drein. »Das klingt sogar irgendwie plausibel. Es muss ja nicht mal der unmittelbare Konkurrent gewesen sein, sondern jemand aus dessen Umfeld, den sie nicht aus dem Fernsehen kennt. Ich meine, wenn diese Stars sich hinter den Kulissen untereinander nichts gönnen, dann würde ich jedenfalls misstrauisch werden, wenn mein ärgster Konkurrent zufällig in einem abgelegenen Wald an meinem Zelt vorbeischlendert und dann auch noch eine Box mit Pilzen auspackt, um ein Ragout zu kochen.« Sie atmete seufzend durch. »Das macht es für uns aber bloß noch schwieriger, denjenigen zu finden, der ihr die Pilze gegeben hat, und dann auch noch von ihm einen Rückschluss darauf zu ziehen, für wen er die Aktion durchgezogen hat.«

»Ja, ich weiß«, murmelte Ronald. »Doch wenn wir so wie Inspector Columbo schon bei der Begutachtung genau wüssten, wer der Mörder ist, und wir ihm einfach nur hinterherlaufen und ihn mit Fragen bombardieren müssten, bis er schließlich völlig genervt aufgibt, würde es auf Dauer auch keinen Spaß machen.«

»Bei Columbo schon«, gab Nathalie zurück, während sie zum rückwärtigen Fenster ging, das mit Spiegelfolie beklebt war, damit niemand sehen konnte, wer in der Wache gerade verhört wurde. Der Blick nach draußen war dagegen ungehindert. Von hier aus hatte man freie Sicht auf die leicht hügelige Landschaft, die immer wieder von unterschiedlich großen Baumgruppen durchsetzt war. Während Nathalie dastand und nach draußen sah, geriet sie ins Grübeln, wann sie eigentlich das letzte

Mal an ihre Geburtsstadt Liverpool gedacht hatte. Wie lange war sie jetzt in Earlsraven? Fast eineinhalb Jahre mussten es inzwischen sein. Und sie konnte sich an keinen Tag erinnern, an dem sie sich gewünscht hatte, nach Liverpool zurückzukehren. Ausgenommen, wenn es um ihre Eltern ging, die sie einfach viel zu selten sah. Aber sie telefonierten regelmäßig, und seit es ihr gelungen war, ihrer Mutter die Funktionsweise von Skype zu erklären, sahen sie sich zumindest auf diese Weise von Zeit zu Zeit. Doch die Stadt selbst mit ihrem hektischen Leben, mit den umhereilenden Menschen, die auf der Flucht vor sich selbst zu sein schienen … nein, diese Stadt fehlte ihr nicht. Ihr fehlte auch die Anonymität nicht mehr, die jede Großstadt bot; das war nur in der ersten Zeit in Earlsraven der Fall gewesen. Da war es ihr noch so vorgekommen, als bespitzelte man sie, wenn sie von jemandem gefragt wurde, wer denn der nette junge Mann gewesen sei, mit dem sie am Abend zuvor am Tisch gesessen hatte. Mittlerweile wusste sie, dass es keine Neugier, sondern Interesse am Leben der Mitmenschen war.

Dass sie sich in Earlsraven wohlfühlte, war aber nicht nur ihr selbst bewusst, es musste sich auch in einer gewissen Ausstrahlung niederschlagen. Während ihre Angestellten anfangs jeden Tag damit gerechnet hatten, dass sie dem Landleben den Rücken kehren und das Black Feather aufgeben würde, bangte inzwischen längst niemand mehr um seinen Arbeitsplatz. Mit der Eröffnung ihres Landmarktes für die Bauern aus der Region war auch dem Letzten klar geworden, dass Nathalie nicht morgen ihre Koffer packen und Earlsraven verlassen würde.

Und in Fred hatte sie einen Mann gefunden, bei dem sie das Gefühl hatte, dass er sie so liebte, wie sie war.

Das war bei Glenn, ihrem letzten Freund, anders gewesen, denn auch wenn ihre Entscheidung zugunsten von Earlsraven den maßgeblichen Auslöser für ihre Trennung dargestellt hatte, hatte ihrer Meinung nach noch etwas anderes eine Rolle gespielt: Sie hatte aufgehört, die kühle, sachliche Statistikerin an der Seite des genauso kühlen und sachlichen Bankers zu sein. Stattdessen war sie zu einer Pub-, Café- und Hotelbesitzerin mutiert, die nach menschlichen Maßstäben ihre Entscheidungen traf, nicht mehr nur nach klar definierten Zahlen und Werten.

Es war schon seltsam, dass ihr altes Leben erst so völlig auf den Kopf gestellt hatte werden müssen, damit sie erkennen konnte, dass es gar nicht das Leben war, das sie führen wollte.

Da riss Ronald sie aus ihren Gedanken. »Wir sollten noch mal mit Campbell reden. Unter dem Gesichtspunkt eines Konkurrenten als Täter hat er die Situation bislang auch noch nicht betrachtet. Kann ja sein, dass ihm prompt drei oder vier Leute einfallen, die schon mal bei anderen versucht haben, ihnen irgendetwas anzuhängen, um sie in der Öffentlichkeit bloßzustellen.«

»Ja, aber ich glaube, da genügt ein Anruf. Dann kann Campbell in Ruhe nachdenken und uns eine Liste zusammenstellen«, schlug sie vor.

»Stimmt, Nathalie«, meinte der Constable. »Ich werde ihn gleich anrufen und ihm bis morgen Mittag Zeit lassen. Das dürfte genügen, um einmal in Gedanken die lange Liste der neidischen Konkurrenten durchzugehen.«

Nathalie nickte zustimmend. »Und bis dahin hat Louise vielleicht auch schon Gelegenheit gehabt, mit jemandem vom *zweiten* Drehteam zu reden. Wenn wir

Glück haben, liefert sie uns ja etwas wirklich Nützliches.«

»Und wenn wir kein Glück haben«, gab Ronald zurück, »ist es wieder mal einer von diesen Tagen, an denen ich mich frage, warum solche Dinge bloß immer hier auf dem Land passieren müssen, wo eigentlich gar nichts los sein sollte.«

»Die Frage kann ich dir beantworten, Ronald«, sagte Nathalie und zwinkerte ihm zu. »Sonst wär's hier doch völlig langweilig.«

Die Fahrt vom Fährhafen in Hoek van Holland über Rotterdam hin nach Oostkapelle in Zeeland war ein sehr abwechslungsreiches Erlebnis. Einige Abschnitte der Strecke führten idyllisch dicht am Wasser entlang und zum Teil auch über lange Brücken, von denen man zu beiden Seiten die Nordsee erleben konnte. An anderen Stellen verliefen die Hauptverbindungswege mitten über eine Insel, sodass vom Meer gar nichts zu sehen war, und oft erstreckte sich über lange Abschnitte ein hoher Deich gleich neben der Landstraße, der die Sicht auf den Strand nahm.

Am beeindruckendsten waren für Louise die Deltawerke, jene gigantische Anlage, die man zwischen zwei der großen Inseln einfach ins Wasser gebaut hatte und die aus einer Reihe riesiger Tore bestand. Drohte eine Sturmflut, konnte man diese Tore innerhalb kürzester Zeit schließen und so das Land dahinter vor einer Überflutung bewahren.

»Da vorne muss es sein«, sagte Louise, als sie die letzte Insel erreicht hatten, und zeigte auf eine Einfahrt auf der rechten Straßenseite gleich hinter einer hohen Hecke, die sich weit über das Grundstück erstreckte. »Laut

Wegbeschreibung soll meine Unterkunft das erste Haus nach dem Ortsschild sein.«

Martin Lazebnik nahm Gas weg, setzte den Blinker und bog vorsichtig in die Einfahrt ein, da die Hecke ihm jegliche Sicht nahm. Ein wenig zurückversetzt stand ein recht ausladender Bungalow, an den sich eine Garage anschloss. Vor dem geschlossenen Tor parkte ein Porsche mit niederländischem Kennzeichen. Die gesamte Front war hellbeige verklinkert. Die Fenster hin zum kleinen Tulpengarten vor dem Haus reichten bis zum Boden; ebenso lange Gardinen nahmen die Sicht auf das, was sich im Zimmer dahinter befinden mochte.

»Ein Mietwagen.« Martin zeigte auf den dezenten Schriftzug auf der Kennzeichenumrandung. »Könnte der von Marcia sein.«

Louise nickte. »Es würde passen. Wenn ich bedenke, welches Honorar ich für die paar Drehtage bekomme …« Ungläubig verdrehte sie die Augen. »Und dabei springe ich nur als Ersatz ein. Keetje Koopmans muss ein Vermögen damit gemacht haben.«

»Und für Marcia dürfte auch nicht gerade wenig dabei abfallen«, ergänzte Martin, stellte den Motor ab und stieg aus. Er wollte zu Louise herumgehen und ihr die Tür aufhalten, aber sie stand bereits neben dem Wagen, als er um das Heck herumkam. »Du hast den Schlüssel, den Campbell dir gegeben hat?«

»Ja, hier«, sagte sie und deutete auf das Mäppchen in ihrer Hand. »Aber ich werde erst mal klingeln. Ich halte das nicht für so gut, plötzlich im Wohnzimmer zu stehen, wenn Marcia nicht mit uns rechnet.«

»Du bist doch angekündigt.«

»Für den späten Nachmittag bis frühen Abend«, machte sie Martin klar. »Das ist ziemlich vage.«

»Wenn du klingeln willst, klingel«, erwiderte Martin unbekümmert. »Ich bin nur der Fahrer.«

»Das will ich aber nicht hoffen, dass du nur der Fahrer bist«, sagte sie und zwinkerte ihm zu. »Soweit ich mich erinnern kann, hattest du einen Grund, wieso du unbedingt mitkommen wolltest.«

»Du meinst den Personenschutz, den ich bieten kann?«

»Träumer«, gab sie lachend zurück. »Für den dürfte ich wohl eher geschult sein als du.«

»Wir können ja herausfinden, wer von uns …«, begann er in einem Tonfall, der sich ein wenig danach anhörte, dass er es zumindest zum Teil ernst meinte.

Sofort fiel sie ihm ins Wort. »Das *könnten* wir, aber das werden wir nicht. Du würdest sowieso in fünf Sekunden der Länge nach auf dem Rasen liegen.«

»Traust du mir so wenig zu?«, fragte er und klang fast ein wenig beleidigt.

»Das Problem ist, *du* traust *mir* zu wenig zu.« Sie hielt die Hände vor sich. »Fass meine Handgelenke, bevor ich die Arme wegziehen kann.«

»Was?«

»Du hast mich verstanden, Martin«, sagte sie geduldig.

»Wofür soll das gut sein?«

»Das wirst du gleich sehen. Und um es für dich noch etwas interessanter zu machen: Wenn es dir gelingt, darfst du mich küssen.«

Der Anwalt lachte fröhlich. »Sag doch gleich, dass ich dich küssen soll. Darauf läuft das nämlich hinaus.« Dann schossen seine Hände vor und fassten ins Leere. Er stutzte und sah irritiert zwischen ihrem Gesicht und der Stelle hin und her, an der sich ihre Arme hätten befinden müssen. Die hatte sie einfach zur Seite bewegt, jedoch so schnell, dass er es nicht mitbekommen hatte. »Ähm, das war nicht so gut.«

»Ist mir aufgefallen.«

»Neuer Versuch«, sagte er.

»Gern.« Sie nahm die Arme nach vorn, aber auch der zweite Anlauf ging schief. Wieder und wieder hielt sie ihm die Hände hin, ohne dass er auch nur einmal eine Fingerspitze zu fassen bekam.

»Mein Gott, was hast du für Reflexe?«, fragte er verblüfft und hob den Kopf. »Du guckst ja nicht mal hin.«

»Das muss ich nicht, das machst du ja schon für mich«, erklärte sie ihm. »Wenn ich dir ins Gesicht sehe, kann ich genau erkennen, wann du zupacken willst. Dann bewegen sich deine Augen deutlich erkennbar von deinen Händen zu meinen, um festzustellen, wie groß der Abstand ist.« Sie zuckte mit den Schultern. »In dem Moment muss ich nur noch reagieren und die Hände wegziehen.«

Martin nickte anerkennend. »Okay, dann verstehe ich allerdings auch, wieso ich auf dem Rasen landen würde, wenn ich meine Kräfte mit deinen messen wollte. Keine gute Idee.«

Spontan beugte sie sich vor und gab ihm einen Kuss auf den Mund, dann drehte sie sich zur Tür um und drückte auf den Klingelknopf. Von drinnen war der Gong zu hören, der einen Teil aus Strauss' *An der schönen blauen Donau* im Eiltempo zu spielen schien.

»Was … was war das gerade?«, fragte Martin.

»Meinst du die Melodie?«

»Ich meine den Kuss. Wie komme ich dazu?«

»Ein kleines Dankeschön dafür, dass du so schnell einsichtig warst. Die meisten Männer fordern in einem solchen Moment sofort Revanche in einer anderen Disziplin, ob es nun Bratpfannenweitwurf oder Brathähnchenschnellessen ist.« Louise lächelte verschmitzt. Da sich nichts rührte, klingelte sie noch einmal, aber auch diesmal war nach der Melodie des Gongs nur Stille zu vernehmen.

»Scheint doch niemand im Haus zu sein«, sagte Martin.

Louise nickte, suchte im Mäppchen den Schlüssel für die Haustür heraus und schloss auf. Sie drückte die Tür auf und wollte das Haus betreten, da sah sie aus dem Augenwinkel etwas auf sich zuschießen, das im Sonnenschein kurz aufblitzte. Ein Messer, begriff sie im nächsten Sekundenbruchteil.

»Louise! Pass auf!«, rief Martin entsetzt und machte einen Satz auf sie zu, doch es war bereits zu spät.

Siebtes Kapitel, in dem Louise von unerwarteter Seite einen wichtigen Hinweis erhält

Martins Hilfe wäre in jedem Fall zu spät gekommen, aber das konnte Louise auch nur recht sein, weil er ihr sonst noch im Weg gestanden hätte und womöglich selbst zu Schaden gekommen wäre. So konnte Louise nach hinten zurückweichen, blitzschnell die Hand umfassen, die das Messer führte, und so fest zudrücken, dass der Angreifer die Waffe losließ und einen Schmerzenslaut ausstieß. Gleichzeitig nutzte Louise die Vorwärtsbewegung des Unbekannten und zerrte ihn zu sich, sodass sein eigener Schwung ihn weitertrug. Mit der Hilfe eines ausgestreckten Beins verlor der Angreifer dann noch den Halt und überschlug sich in hohem Bogen, um mitten in einem Tulpenbeet zu landen. In der Zwischenzeit hatte Louise das Messer aufgehoben und war hinter dem Unbekannten hergelaufen. Sie kniete sich hin und hielt ihm die Klinge an die Kehle. Erst als sie »Keine Bewegung! Sonst war es das!« sagte, wurde ihr bewusst, dass sie eine zierliche Frau vor sich hatte, die, umgeben von Tulpen in allen Farben, auf dem Rücken lag und sie mit weit aufgerissenen Augen anstarrte.

»Bringen Sie mich bitte nicht auch noch um!«, flüsterte sie. »Keiner von uns hat Ihnen was getan. Ich kenne Sie ja nicht mal!«

»Was reden Sie da?«, fragte Louise irritiert, hielt aber das Messer unbeirrt an den Hals der Frau gedrückt, während Martin die Haustür im Auge behielt, wohl um aufzupassen, ob noch jemand aus dem Bungalow stürmte, um sie anzugreifen. »Wer sind Sie?«

»Marcia«, brachte die Frau heraus. »Marcia Wheeler.«

»Sie sind Marcia?« Louise nahm das Messer weg, stand auf und hielt der Angreiferin die Hand hin. »Ich bin Louise Cartham. Mr Campbell sollte Ihnen gesagt haben, dass ich auf dem Weg hierher bin.«

»Louise Cartham? Die Köchin?« Marcia ließ sich von ihr hochhelfen und sah sie erstaunt an. »Ja, Raymond hat angerufen und gesagt, dass Sie für Keetje einspringen und …« Tränen stiegen ihr in die Augen. »Ich … entschuldigen Sie, aber ich kann noch immer nicht glauben, dass sie tot sein soll …«

»Leider ist sie es«, bestätigte Louise leise, fragte dann jedoch: »Wenn Mr Campbell mein Kommen angekündigt hat, warum sind Sie dann mit dem Messer auf mich losgegangen?«

»Raymond hat mir nicht gesagt, wann genau Sie ankommen würden«, erklärte Marcia und strich sich die extrem blondierten Haare aus dem Gesicht. »Weil es schon recht spät ist, dachte ich, Sie kommen erst morgen. Und dass Sie jemanden mitbringen würden, wusste ich auch. Ich habe eben nur Ihren Begleiter gesehen, doch ich wusste nicht, wer an der Tür ist.« Sie zuckte mit den Schultern. »Raymond sprach davon, dass irgendjemand Keetje den Schädel eingeschlagen hat, und ich dachte, derjenige ist jetzt hier und will mich auch umbringen.«

Louise schüttelte beruhigend den Kopf. »Ich garantiere Ihnen, ich will Sie nicht umbringen. Aber wieso glauben Sie, dass der Mörder es auch auf Sie abgesehen haben könnte?«

»Warum sollte er mich nicht ebenfalls ermorden wollen?«, hielt die Mittzwanzigerin dagegen. »Ich wüsste niemanden, der einen Grund haben könnte, Keetje zu töten. Wenn er sich aber Keetje ausgesucht hat, kann es doch gut sein, dass ich als ihre Assistentin das nächste Opfer bin. Oh Gott«, seufzte sie. »Hätte ich doch bloß die Zähne zusammengebissen und wäre bei Keetje geblieben! Dann wäre das alles nicht passiert!«

»Aber Sie hatten doch Probleme mit dem Knie«, sagte Louise. »Das macht Wandern nicht gerade zu einem Vergnügen.«

»Natürlich nicht, doch ich musste ja auch den Weg zum Wagen zu Fuß zurücklegen. Da hätten wir auch langsamer weiterziehen können. Damit hätte ich wenigstens ihr Leben gerettet.«

»Es sei denn, unser Unbekannter hätte Sie beide umgebracht«, gab Martin zu bedenken.

Marcia verzog erschrocken den Mund.

»Das ist übrigens Martin Lazebnik«, warf Louise ein. »Er begleitet mich, weil er ohnehin nach Rotterdam musste.«

Marcia nickte ihm zu, dann klopfte sie die Blumenerde von ihrer hellen Caprihose und dem bunten T-Shirt. Beim Anblick des verwüsteten Tulpenbeetes schüttelte sie den Kopf. »Ich weiß noch immer nicht, wie ich da gelandet bin. Sind Sie etwa Köchin bei irgendeinem Geheimkommando?«

»Selbstverteidigungskurs«, antwortete Louise lächelnd. »Sollten Sie auch mal absolvieren.«

»Habe ich schon, aber da habe ich den Trick nicht gelernt.«

»Richtig, das lernt man erst im Fortgeschrittenenkurs«, bestätigte Louise. »Danach muss man jedoch im Internet suchen, die finden nicht so oft statt.« Sie deutete auf den Bungalow. »Das ist unser Quartier?«

»Ja, kommen Sie, ich zeige Ihnen das Haus«, sagte Marcia.

»Dann hole ich schon mal das Gepäck«, rief Martin den beiden Frauen zu und ging zum Wagen.

Der Bungalow war wie eine Luxusvilla eingerichtet. Die Böden waren aus Marmor, und Marmor war auch hier und da zum Einsatz gekommen, um an einer ansonsten freien Wand Akzente zu setzen. Sämtliche Lampen waren so angebracht, dass die großzügig bemessenen Räume ausschließlich indirekt beleuchtet wurden. Ledermöbel standen im Wohnzimmer vor einem gigantischen Bildschirm angeordnet, die Küche war mit den modernsten Geräten ausgestattet.

»Hier hat die Filmcrew doch gar nicht genug Platz«, wunderte sich Louise, als sie die beiden gegenüberliegenden Schlafzimmer sah, die die rückwärtige Seite des Bungalows bildeten und deren Einrichtungsstil dem der übrigen Zimmer entsprach. So modern das auch alles war, strahlte doch jeder Raum eine Kälte aus, die so gar nicht zu der idyllischen Umgebung passen wollte.

»Das hier ist ja auch nur für uns Stars«, machte Marcia ihr klar. »Die anderen sind in dem Hotel untergebracht, wo sich auch das Studio befindet, in dem die Show gedreht wird.« Sie sah auf die Uhr. »Wenn Sie wollen, können wir gleich noch hinfahren, und dann stelle ich Sie allen vor. Aber das reicht auch noch morgen früh. Das überlasse ich Ihnen.«

Louise überlegte kurz. »Nein, ich glaube, das machen wir besser morgen früh. Die Crew arbeitet sicher schon seit heute Morgen an den Kulissen. Die Leute werden froh sein, wenn sie irgendwann Feierabend machen können. Da will ich nicht unbedingt im Weg stehen und alle aufhalten. So was frustriert nur. Und ich glaube, Sie sind auch froh, wenn Sie nicht noch mal losmüssen.« Sie hörte, wie die Kofferraumhaube von Martins Wagen zufiel. »Außerdem will mein Bekannter mir noch ein wenig die Gegend zeigen. Er kennt sich hier aus und möchte mit mir zu Abend essen gehen.«

»Mit einer Köchin essen gehen, halte ich für ein gewagtes Unterfangen«, meinte Marcia schmunzelnd.

Louise nickte zustimmend. »Ja, so etwas kann auch nach hinten losgehen.« Dann wurde sie wieder ernst: »Was ich Sie fragen wollte, Miss Wheeler …«

»Wir sollten schon mal zum Vornamen wechseln«, unterbrach die andere Frau sie. »In der Sendung kommt das nicht gut an, wenn wir uns gegenseitig mit ›Miss‹ anreden.«

»Ach, ich weiß nicht. Vielleicht könnte man das ein wenig ironisch anlegen, einfach um zu zeigen, dass es nicht mehr Keetjes Sendung ist.« Hastig hob sie die Hände. »Das geht nicht gegen Miss Koopmans, damit wir uns in dem Punkt nicht missverstehen. Aber je mehr Elemente wir vom bisherigen Format übernehmen oder einfach nur auf mich zuschneiden, desto angreifbarer machen wir uns für Kritik. Deshalb wäre es zum Beispiel ganz gut, wenn wir uns tatsächlich mit ›Miss Wheeler‹ und ›Miss Cartham‹ anreden. Wir können auch mit der Tatsache spielen, dass ich die Neue bin und nicht immer alles finde, was ich in dem Moment brauche. Ein bisschen Unvollkommenheit kann nie schaden, und der Bonus für Sie wäre der, dass dank Ihrer Hilfe die Show gerettet wird.«

Martin kam um die Ecke; die junge Frau zeigte auf das rechte Schlafzimmer. »Da kommt alles rein, Mister …«, sagte sie.

»Lazebnik«, half er ihr auf die Sprünge.

»Ja, genau.« Marcia wandte sich wieder an Louise. »Hören Sie, das ist gar keine so schlechte Idee, muss ich zugeben. Wir müssten mit Raymond klären, was er davon hält. Es bringt ja nichts, eine komplette Episode ohne sein Wissen anders aufzuziehen. Wenn er dann sagt, dass ihm das nicht gefällt, müssen wir ganz von vorn anfangen.«

»Einverstanden, soll ich das machen?«

»Nein, nicht nötig«, sagte Marcia. »Ich muss ihn später sowieso noch anrufen, dann kann ich ihn darauf ansprechen.«

Louise nickte dankbar.

»Was dagegen, wenn ich rauche?«, fragte die andere Frau auf einmal und zog bereits eine Packung Zigaretten und ein Feuerzeug aus der Tasche. »Ich weiß, Rauchen ist nicht mehr gern gesehen, doch dafür trinke ich keinen Alkohol und ernähre mich gesund. Irgendein Laster sollte man jedem Menschen zugestehen.«

»Meinetwegen«, willigte Louise ein. Sie wollte diese Frau zum Reden bringen, aber mit einem Vortrag über die Schädlichkeit des Rauchens und einem abweisenden Nein hätte sie Marcia nur gegen sich aufgebracht. »Ach, sagen Sie, Miss Wheeler«, fuhr sie fort, während die jüngere Frau gierig an ihrer Zigarette zog. »Auf Ihrer Wanderung mit Keetje ist Ihnen nicht zufällig jemand aufgefallen, der sich verdächtig benommen hat … also aus heutiger Sicht verdächtig? Sonst hätten Sie ja bestimmt sofort Alarm geschlagen.«

»Da hätte ich mir Keetje unter den Arm geklemmt und wäre davongerannt«, antwortete Marcia. »Uns sind hier und da ein paar Wanderer begegnet, was zu dieser Jahreszeit in der Region ganz normal ist. Da war niemand dabei, der mir merkwürdig erschienen wäre. Mir ist nicht mal jemand aufgefallen, der Keetje oder mich wiedererkannt hat … oder der nur gestutzt hat, weil er dachte, dass er unsere Gesichter schon mal irgendwo gesehen haben muss.« Plötzlich unterbrach sie sich und legte den Kopf ein wenig schräg, um Louise eingehender zu betrachten. »Stimmt ja. Ich habe mich gerade gewundert, warum Sie mich so fragen, als würde die Polizei mich verhören. Aber jetzt fällt mir ein, was Raymond gesagt hat – dass Sie ja so eine Art Assistentin für Ihren örtlichen Polizisten sind. Sind Sie deswegen hier?«

»Nein, ich bin für die Show hier, weil Mr Campbell mich unbedingt haben will«, antwortete Louise gelassen. »Doch ich werde diese Gelegenheit natürlich nutzen, um mich umzuhören, ob jemand von der Crew eine Vorstellung hat, wer den Mord begangen haben könnte. Es ist immer möglich, dass jemand mitbekommt, wie ein anderer sagt: ›Ich bringe die Frau um.‹ Normalerweise setzt das zwar kaum einer in die Tat um, aber gerade die beiläufigsten Bemerkungen können manchmal zum Täter führen.«

»Also verdächtigen Sie erst einmal niemanden aus unserer Crew, oder?«, hakte Marcia besorgt nach und ging mit ihr zurück in Richtung Wohnzimmer. »Wenn das nämlich der Fall ist, kann ich Ihnen gleich sagen, dass Sie damit Ihre Zeit vergeuden. Die Vorbereitungen haben hier begonnen, als Keetje und ich noch auf Wanderschaft waren. Keiner aus der Crew hätte so viel Freizeit gehabt, um mal eben in der Mittagspause nach Pelham Woods zu fahren und Keetje zu erschlagen. Bei diesen Arbeiten kann auch niemand fehlen, weil jeder seine Aufgaben zu erledigen hat. Wenn nur einer nicht an seinem Platz ist, gerät alles ins Stocken. So was würde niemals unbemerkt bleiben.«

»Und Sie sind am … wann war das? Am 12. Mai sind Sie hergekommen, richtig?«, erkundigte sich Louise und tat dabei so, als wäre sie sich wegen des Datums nicht ganz sicher.

»Nein, ich bin erst am 14. Mai hier in Oostkapelle angekommen«, stellte Marcia klar. »Am 11. habe ich die Wanderung abgebrochen, und als ich Pelham Woods verließ, da hat Keetje noch gelebt. Ich habe die Nacht im Büro verbracht, weil mein Knie mir zu viel Ärger gemacht hat. Am 12. bin ich nach Heathrow gefahren, um meinen Flug nach Amsterdam zu bekommen. Da habe ich den kleinen Flitzer da draußen bei der Autovermietung abgeholt und bin losgefahren, allerdings nur bis nach Delft. Da habe ich die Fahrt unterbrochen, um so wie jedes Mal Keetjes Großmutter zu besuchen, die dort in einem Seniorenheim wohnt.« Sie hielt kurz inne, dachte über etwas nach und lachte ironisch auf. »Das wird Ihnen gefallen, Miss Cartham. Das Seniorenheim ist eine Wohnanlage, die aus vielen kleinen Häusern besteht. Man muss sich als Besucher weder an- noch abmelden. Und Mevrouw Veenstra wird mit jedem Mal ein bisschen vergesslicher. Weil ich am 12. erst sehr spät in Delft angekommen bin, habe ich bei ihr auf dem Sofa übernachtet. Am nächsten Tag hat sie mir so lange aus ihrem Leben erzählt, dass es wieder zu spät war, um noch loszufahren. Wissen Sie, ich fahre nicht gern nachts Auto, und schon gar nicht hier in der Gegend, wo man von Wasser umzingelt ist. Da hätte ich viel zu viel

Angst, ich könnte an der falschen Stelle abbiegen und mit dem Wagen untergehen.« Sie schüttelte sich. »Ich bin also erst am 14. abgefahren und irgendwann am Nachmittag hier angekommen. Mit anderen Worten: Ich habe für die Zeit kein Alibi.«

»Keetjes Großmutter?«, fragte Louise.

»Die hat mich am nächsten Morgen gefragt, wo ich denn auf einmal herkomme.« Marcia zuckte mit den Schultern und zündete ihre mittlerweile dritte Zigarette an. »Also kann nicht mal Mevrouw Veenstra bestätigen, wo ich mich in der Zeit aufgehalten habe.«

Louise hob beschwichtigend eine Hand. »Ich bin nicht hier, um irgendwelche Alibis zu überprüfen. Ich bin in erster Linie gekommen, um kurzfristig die Lücke zu schließen, die durch Keetje Koopmans' Tod entstanden ist. Ob ich das überhaupt kann oder ob Mr Campbell nicht doch besser schnell noch nach einem anderen Ersatz sucht, wird sich wohl erst zeigen, wenn ich das erste Mal vor der Kamera stehe. Erst danach kommt die Suche nach Spuren und Hinweisen, die der Polizei helfen können, den Tod Ihrer Kollegin aufzuklären. Constable Strutner hat natürlich längst die gesamte Crew durchleuchtet, und wenn jemand aufgefallen wäre, hätte er bereits alle notwendigen Schritte unternommen, um die betreffende Person in Gewahrsam zu nehmen.«

Marcia nickte verstehend. »Schon klar, Miss Cartham. Das Einzige, was ich Ihnen sagen kann, ist, dass Keetje noch lebte, als ich mich auf den Rückweg gemacht habe.«

»Das glaube ich Ihnen, Miss Wheeler. Das glaube ich Ihnen wirklich«, versicherte Louise.

Nach einem ausgedehnten Spaziergang am Strand von Oostkapelle hatten sie sich vor einer Weile auf eine Bank oben auf dem Deich gesetzt, um den Sonnenuntergang zu beobachten, der sich als prachtvolles Farbspektakel präsentierte. Martin hatte einen Arm um Louise' Schultern gelegt.

Die tief orangerote Sonne stand dicht über dem Horizont und ließ den ganzen Himmel im gleichen Farbton erstrahlen. Vereinzelte Wolken hoben sich als blassgraue Tupfer davon ab, während das Meer aussah, als glühte es von innen heraus. Von der See her wehte ein leichter Wind an Land, aber trotz der einsetzenden Nacht war es noch nicht so kalt, dass man eine Jacke benötigte. Möwen zogen über ihnen ihre Kreise, dauernd auf der Suche nach etwas Essbarem. Hundebesitzer führten ihre Vierbeiner auf dem Deich aus, manche ganz gemächlich, während andere joggten.

Plötzlich ertönte ein schrilles Läuten, und Louise stöhnte frustriert auf. Sie griff nach ihrem Handy und sah aufs Display. »Ich glaube, der Mann hat hier irgendwo eine Überwachungskamera angezapft, damit er auch ja den unpassendsten Moment erwischt, um mich anzurufen.« Sie nahm das Gespräch entgegen. »Ronald, was gibt's?« Sie sah Martin entschuldigend an, während sie sich anhörte, was der Constable zu berichten hatte. Nach ein paar Minuten steckte sie das Smartphone weg. »Tut mir leid.«

Martin nickte. »Du kannst doch nichts dafür. Immerhin bist du in erster Linie wegen des Mordfalls hier, da haben solche Anrufe doch immer Vorrang. Und was sagt er?«

»Na ja, es passt alles. In diesem Seniorenheim ist tatsächlich Keetjes Großmutter untergebracht, und sie ist wohl auch ziemlich vergesslich geworden. Wer Besucher empfängt, muss das nicht melden, und die Besucher selbst müssen auch niemandem Bescheid geben, dass sie sich in der Anlage aufhalten. Angeblich hat man damit gute Erfahrungen gemacht.« Louise zuckte mit den Schultern. »Und der Autovermieter kann nicht bestätigen, ob der Wagen nun am 12., am 13. oder am 14. abgeholt worden ist. Der Schlüssel wurde bereits am 10. an jemanden von der Filmcrew ausgehändigt. Dabei wurde allerdings versehentlich nicht notiert, wer den Schlüssel abgeholt hat, und die Unterschrift kann alles bedeuten.«

»Also kein Alibi«, folgerte er.

»Marcias Alibi ist, dass sie kein Alibi hat«, gab Louise zurück. »Jemand, der ein schweres Verbrechen begehen will, überlegt sich normalerweise vorher, wie er sich für die Tatzeit ein wasserdichtes Alibi beschaffen kann. Er sorgt dafür, dass er zu bestimmten Zeiten an markanten Orten gesehen wird, damit die Leute sich an ihn erinnern, wenn sie auf ihn angesprochen werden. Er fragt Leute nach der Uhrzeit, damit sie später ganz genau sagen können, wann sie ihn gesehen haben. Aber er achtet eben nicht absichtlich darauf, dass er möglichst von niemandem gesehen wird.«

»Hm, es könnte auch der eigentliche Trick sein, damit du sie für unschuldig hältst«, überlegte Martin laut. »Sie achtet darauf, kein Alibi liefern zu können, und weil ein Mörder genau das nicht tun würde, kann sie mit dem Fall nichts zu tun haben.«

»Das habe ich auch eben überlegt.« Louise seufzte tief. »Wir haben nur die Aussage von Raymond Campbell, die bestätigt, dass Marcia vom 11. auf den 12. Mai in seinem Büro übernachtet hat. Am 12. hat er ihren Wagen zurückgebracht, aber wenn sie den außerhalb Londons abgestellt hat, wo er von keiner Kamera erfasst wurde, und wenn sie von dort mit dem Zug oder dem Bus zum Flughafen gefahren ist, können wir sie auch da nicht zu fassen kriegen.«

»Du könntest sie nur fragen, wie sie an den Mietwagen gelangt ist, wenn der Schlüssel bereits abgeholt wurde, bevor sie überhaupt ins Land gekommen war.«

»Könnte ich, doch dann merkt sie, dass wir sie im Verdacht haben und ihr nachspionieren«, wandte Louise ein. »Das möchte ich noch vermeiden, solange es geht. Ich habe keine Ahnung, wie diese Frau reagieren wird, wenn sie erst einmal weiß, dass wir auf einen Widerspruch gestoßen sind.«

»Und was wirst du stattdessen machen?«

»Erst einmal mit der Crew reden und hören, was die Leute zu erzählen haben. Im Gespräch kann ich versuchen, irgendwas über den Wagen und den Schlüssel herauszufinden, und dann kann ich immer noch entscheiden, ob ich Marcia darauf anspreche oder lieber warte, bis wir anschließend alle nach England zurückkehren, damit Ronald sie verhören und vielleicht festnehmen kann.«

»Das klingt nach einem guten und vor allem ungefährlichen Plan«, fand Martin und seufzte erleichtert.

»Freu dich lieber nicht zu früh«, warnte sie ihn. »Pläne haben die Angewohnheit, schnell über den Haufen geworfen zu werden.«

Die Befragung der anderen Filmcrew ergab am Mittwochmorgen insgesamt das gleiche Bild wie das, das sich zu Hause in England nach dem Gespräch mit Regisseur Collins herauskristallisiert hatte. Der einzige Unterschied bestand darin, dass Keetje und vor allem Marcia diesmal nicht annähernd so launisch und divenhaft geschildert wurden. Und sobald Louise einmal gezielt nachfragte, förderte sie bei manchen Mitarbeitern Gedächtnislücken zutage, während anderen einzelne Episoden nur so schwach in Erinnerung geblieben waren, dass da kaum noch etwas wirklich Spektakuläres übrig war.

Lediglich Regisseur Anson McGill hatte eine interessante Erwiderung parat, als Louise im Gespräch mit ihm sein Team die ›zweite Crew‹ nannte. »Nein, Miss Cartham«, sagte er daraufhin nachdrücklich. »*Wir* sind die erste Crew, die *anderen*, die jetzt daheim rumsitzen, sind nur die zweite Crew. Sie erzählen zwar gern, dass sie die erste Crew sind, aber das stimmt nicht.« McGill schüttelte den Kopf. »Ich weiß wirklich nicht, unter welchem Minderwertigkeitskomplex diese Truppe leidet. Auf jeden Fall meinen die, sie müssten sich bei jeder Gelegenheit profilieren und zur Nummer eins erklären.«

»Mr Collins hatte es genau umgekehrt dargestellt«, entgegnete Louise. »So haben es mir meine Kollegen jedenfalls übermittelt.«

»Ich zweifle nicht an den Fähigkeiten Ihrer Kollegen, Miss Cartham«, versicherte ihr der Regisseur. »Ich weiß genau, dass unsere zweite Crew sich gern für wichtiger hält. Dabei gibt es keinen Unterschied zwischen denen und uns, abgesehen natürlich von der Tatsache, dass wir uns hier abmühen, alles rechtzeitig so aufzubauen und einzurichten, dass es nachher im Fernsehen perfekt aussieht. Die Herrschaften vom anderen Team kommen anschließend her, um die nächsten Episoden für die aktuelle Staffel zu drehen – und zwar in den Kulissen, die wir aufgebaut haben, beleuchtet von den Scheinwerfern, die wir aufgestellt und geduldig hin und her geschoben haben, bis alles perfekt ausgeleuchtet ist. Und jetzt verraten Sie mir mal, Miss Cartham, wer hier die Hauptarbeit leistet.«

Louise beließ es bei einem Lächeln, das von McGill offenbar als anerkennend und beeindruckt interpretiert wurde, von ihr aber nicht so gemeint war. Nach den Gesprächen mit dieser Crew war sie zu der Überzeugung gelangt, dass keiner von ihnen etwas mit dem Tod von Keetje Koopmans zu tun hatte. Beide Crews waren so damit beschäftigt, sich gegenseitig den Wind aus den Segeln zu nehmen, dass kaum jemand von ihnen auch noch Zeit und Energie für ein Mordkomplott hätte finden können. Ganz abgesehen davon wäre Keetjes Ermordung für beide Filmcrews viel zu riskant gewesen, weil sie alle hätten fürchten müssen, sich damit sehr wahrscheinlich um ihren Arbeitsplatz zu bringen. Niemand hatte wissen können, wie schnell und ob Campbell überhaupt in der Lage sein würde, eine Nachfolgerin für die Show zu verpflichten. Und auch wenn es jetzt mit Louise am Herd erst einmal weiterging, konnte nach dem ersten Drehtag schon wieder Schluss sein, wenn die Aufnahmen im Kasten waren und Raymond Campbell in seinem Produktionsbüro in England die Hände über dem Kopf zusammenschlug.

Sie musste den Leuten zugutehalten, dass sie mit einer positiven Haltung weiterhin ihre Arbeit erledigten, anstatt wegen der unsicheren Zukunft den Kopf hängen zu lassen. Nach dem Tod des Stars, der die Show getragen hatte, wäre das durchaus eine verständliche Reaktion gewesen. In gewisser Weise war es auch als Kompliment an Louise' Adresse aufzufassen, denn schließlich mussten sie ja alle ernsthaft daran glauben, dass sie nicht weniger als ihr Bestes geben würde, um in Keetjes Fußstapfen zu treten.

Louise verbrachte den ganzen Tag im Studio, obwohl sie dort eigentlich noch nicht gebraucht wurde und zumindest zeitweilig im Weg stand. Es war einfach zu interessant, den Entstehungsprozess einer solchen Show zu beobachten, auch wenn der bereits weit fortgeschritten war und alle Beteiligten vorwiegend mit Detailarbeiten beschäftigt waren. Da wurden Schranktüren und Schubladen unzählige Male auf- und zugemacht, um sicherzustellen, dass in der Show alles reibungslos lief und eine Schublade sich auch genau dann öffnete, wenn sie das sollte. Obwohl Louise Tag für Tag in einer Küche stand, hatte diese Einrichtung etliche Spielereien zu bieten, von denen sie vielleicht schon mal gehört, die sie aber noch nie selbst gesehen hatte.

So waren alle Schranktüren, Klappen, Schubladen und was auch immer mit Sensoren und Elektromotoren ausgerüstet, sodass nur noch eine Geste notwendig war, um sie zu öffnen, und man sie zum Schließen nur antippen musste. Ganz so ausgereift schien das alles jedoch nicht zu sein, denn zwei Techniker waren schon seit Stunden damit beschäftigt, die Sensoren so einzustellen, dass sie tatsächlich nur auf die Geste reagierten.

Als die Techniker hörten, dass Louise anwesend war, holten sie sie kurzerhand dazu, damit sie Elektronik und Mechanik testete. Das meiste funktionierte recht gut, dennoch bereiteten ihnen ein paar Stellen immer noch sichtlich Kopfzerbrechen, und die Fachleute mussten sich durch dicke Kabelstränge kämpfen.

»Wie bekommt man eigentlich diese Türen auf, wenn mal der Strom ausfällt?«, fragte Louise nach einer Weile, als ihr auffiel, dass es keinerlei Griffe und Griffkanten gab.

Die Blicke der beiden zeugten von völliger Ratlosigkeit.

»Was wollen Sie denn noch in der Küche, wenn der Strom ausfällt?«, antwortete schließlich der Kleinere.

»Na ja, ich würde mir ein Käsebrot machen«, begann sie, »jedenfalls dann, wenn ich Hunger bekomme. Aber ich könnte den Brotkasten nicht öffnen, um das Brot herauszuholen; die Schublade, in der das Buttermesser liegt, ginge nicht auf, was nicht so schlimm wäre, da ich ja Butter und Käse sowieso nicht aus dem Kühlschrank nehmen kann, weil sich die Tür ebenfalls nicht öffnen lässt.« Sie sah zwischen den beiden Technikern hin und her, die sie anstarrten, als redete sie Chinesisch mit ihnen. »Also, was tue ich, um nicht zu verhungern?«

»Pizzataxi anrufen«, schlug der Größere schulterzuckend vor.

»Der Strom ist ausgefallen, das Telefon funktioniert ebenfalls nicht«, betonte sie. »Also?«

»Zum netten Nachbarn gehen, der sich eine solche Küche hoffentlich nicht leisten kann«, meinte der Kleinere grinsend. »Der kann dann auch noch immer den Schrank öffnen, in dem die Kerzen liegen, um für Licht zu sorgen, wenn der Strom weg ist.«

»Wir erfinden so was ja nicht, wir müssen es nur einbauen und zum Laufen bringen«, redete der größere Mann weiter. »Verkaufen kann man solche Küchen nur an Leute, die nicht wissen, was sie mit ihrem Geld anfangen sollen. Bei jedem anderen hätte ich als Verkäufer ein schlechtes Gewissen.« Sein Kollege nickte zustimmend, während er sich wieder einer der Türen widmete.

Louise dankte den beiden für die ehrliche Antwort und ging weiter. Sie schlenderte durch den Zuschauerbereich und testete die Sicht von den unterschiedlichsten Plätzen. Dabei musste sie feststellen, dass der Neigungswinkel eigentlich etwas zu gering war und man je nach Vordermann oder Vorderfrau Schwierigkeiten haben würde, den Bereich einzusehen, in dem sie selbst in Kürze aktiv werden würde. Louise fragte sich, welchen Sinn es haben sollte, eine Tribüne zu bauen, auf der doch nicht jeder freie Sicht hatte.

Als ihr Blick nach oben wanderte, fand sie die Antwort. Unter der Decke hingen drei große Bildschirme, auf die man vermutlich die Bilder aller drei Kameras übertragen würde, die bei den Aufnahmen zum Einsatz kamen. So konnten die Gäste auch weiter hinten alles sehen, was vorn in der Küche ablief.

Das Kurioseste an der Kulisse war das große Fenster über der breiten Spüle an der Rückwand. Dahinter befand sich nämlich ein großer Bildschirm, auf dem ein Film lief, der einen Strand mit Wellen zeigte. Hätte man einfach die dichten schwarzen Vorhänge vor der Glasfront aufgezogen, die sich hinter der Bühne über die ganze Saalbreite erstreckte, wäre durch dieses Fenster tatsächlich das Meer zu sehen gewesen. Doch mit geschlossenen Vorhängen und dem Monitor hinter dem Fenster hätte das Studio überall stehen können, auch mitten in einem Industriegebiet.

Wie der Regisseur ihr auf ihre Frage hin erklärt hatte, gab es einen – aus seiner Sicht – ganz einfachen Grund dafür: Zum einen könnten beim Blick aus einem Fenster Spaziergänger durchs Bild laufen, die nur stören würden, und zum anderen konnte man so jede gewünschte Tageszeit suggerieren, also zum Beispiel einen Sonnenuntergang zeigen, auch wenn die Episode in Wirklichkeit morgens um zehn aufgenommen wurde.

»Und? Was sagen Sie dazu?«

Louise sah nach links und entdeckte Marcia, die durch die Sitzreihe zu ihr kam. »Es ist wirklich interessant mitzuerleben, wie sich nach und nach alles zusammenfügt. Wie bei einem Puzzle. Bei einem Teil fragt man sich, was das wohl darstellen soll, und dann wird dort ein Scheinwerfer aufgehängt, und auf einmal weiß man, womit man es zu tun hat.«

»Ja, interessant ist das schon, aber die Arbeit hinter den Kulissen wäre nichts für mich«, meinte Marcia. »Ich wüsste gar nicht, welche zwei Kabel ich miteinander verbinden müsste, damit irgendein Teil da vorn angeht, wenn man den Schalter umlegt.« Sie zog genüsslich an ihrer Zigarette.

»Steht nicht irgendwo, dass hier Rauchen verboten ist?«, wunderte sich Louise. Es musste verboten sein, denn keiner der Handwerker hatte eine Zigarette im Mund, obwohl viele von ihnen sicher auch gern geraucht hätten.

»Das steht hier überall«, sagte die jüngere Frau unbekümmert. »Daran werden Sie sich noch gewöhnen müssen, Miss Cartham.«

»Woran gewöhnen?«

»Daran, dass Sie sich als Star der Show mehr herausnehmen können als jeder andere. Ihnen und mir wird niemand das Rauchen verbieten, wenn uns der Sinn danach steht. Aber wenn wir nicht wollen, dass einer der anderen raucht, dann brauchen wir nur mit den Fingern zu schnippen.«

Louise seufzte leise. »Ich glaube, ich würde freundlich darum bitten, anstatt mit den Fingern zu schnippen.«

Marcia lachte amüsiert. »Wenn Sie dreimal darum gebeten haben, werden Sie keine Lust haben, das auch noch ein viertes Mal zu tun. Dann fangen Sie auch an zu schnippen. Darauf würde ich am liebsten meine Wochengage verwetten.«

Louise lächelte sie milde an. »Seien Sie froh, dass ich nicht um Geld wette. Sonst wäre ich jetzt um Ihre Wochengage reicher. Sie werden mich nicht bei ungehaltenem Fingerschnippen erwischen. Glauben Sie es mir, Miss Wheeler.«

»Wir werden ja sehen«, sagte die andere Frau. »Haben Sie eigentlich mit allen reden können?«

Louise nickte. »Ja, zwischendurch hatte jedes Crewmitglied mal kurz Zeit für mich.«

»Und? Irgendetwas erfahren, was Ihnen weiterhelfen kann?«

»Leider nicht«, musste sie zugeben. »Keine auffälligen Beobachtungen, keine aufgeschnappten Unterhaltungen. Auch keine Mutmaßungen oder Spekulationen. Die Polizei wird noch ihre liebe Mühe haben, Keetjes Mörder zu finden.«

»Wissen Sie, was das Schlimmste wäre?«, erwiderte Marcia. »Wenn das irgendein Spinner war, der zufällig da vorbeigekommen ist und sie erschlagen hat und der dann weitergewandert ist, als wäre nichts passiert. Verstehen Sie, was ich sagen will, Miss Cartham?«

»Ja, Sie meinen einen völlig sinnlosen und willkürlichen Mord.«

Sie nickte. »Ja, genau. Am Ende ist und bleibt Keetje so oder so tot, doch wenn ein durchgedrehter Fan auf sie losgegangen wäre oder ein anderer Koch, der seine Konkurrentin ausschalten wollte, dann … dann könnte man ja wenigstens verstehen, warum es passiert ist. Aber jemanden zu töten, dem man zufällig begegnet, den man nicht einmal kennt … über den man nichts weiß … ich glaube, das ist die sinnloseste Form des Mordens.« Nach einer kurzen Pause fügte sie an: »Wenn ich mir das vorstelle, fühle ich mich so … so hilflos. Wenn es wirklich so gewesen sein soll, dass Keetje bloß jemandem im Weg stand, macht mir das Angst. Ich weiß ja nicht mehr, bei wem ich mir sicher sein kann, dass er mir nichts tun wird, wenn ich ihm auf der Straße begegne.«

»Ich bin davon überzeugt, dass unser Constable schon dahinterkommen wird, wer Miss Koopmans ermordet hat«, sagte Louise und versuchte, mehr Zuversicht auszustrahlen, als sie eigentlich empfand. »Ich glaube, ich gehe mal für eine Weile runter an den Strand. Hier herrscht mir auf Dauer zu viel Trubel.«

»Soll ich Sie begleiten?«, bot sich Marcia an, während sie die nächste Zigarette aus der Packung zog.

»Danke, aber im Moment möchte ich einfach allein sein«, erwiderte Louise. »Später gern.«

»Und Ihren Freund wollen Sie auch nicht dabeihaben?«, hakte die jüngere Frau nach und zwinkerte ihr zu. »Sie sind ihn doch hoffentlich noch nicht leid.«

»Nein, er hat einen Termin in Rotterdam und kommt erst am Nachmittag zurück. Außerdem käme das zeitlich sehr ungelegen«, antwortete Louise und musste lachen. »Dann müsste ich nämlich wohl oder übel nach Hause trampen.«

Nachdem sie – anders als Marcia – zusammen mit der Crew zu Mittag gegessen und damit viele Sympathien gewonnen hatte, unternahm Louise am späten Nachmittag noch einmal einen Spaziergang am Strand. Martin hatte angerufen und Bescheid gegeben, dass sich seine Rückkehr um etwa zwei Stunden verzögern würde, da sein Mandant ihn unbedingt zum Abendessen mitnehmen wollte, um ihn einem Geschäftspartner vorzustellen, der seinerseits auf der Suche nach einem guten Anwalt war.

Es war fast windstill und die Wellen plätscherten scheinbar lustlos an den Strand, der um diese Zeit noch gut besucht war. Die Sonne brannte längst nicht mehr so wie zur Mittagszeit, aber es reichte immer noch, um sich zu sonnen, was, dem Stimmengewirr nach zu urteilen, zum größten Teil Touristen ausnutzten. Sie hörte immer wieder deutsche Wortfetzen, vereinzelt auch mal ein paar niederländische und ganz selten englische Klänge.

Kinder tobten ausgelassen umher, eine Gruppe versuchte vergeblich, einen Drachen steigen zu lassen.

Als Louise einen ruhigeren Abschnitt erreichte, zog sie ihr Smartphone aus der Tasche und tippte auf Nathalies Nummer. »Hey, ich bin's«, sagte sie, als ihre Freundin und Chefin sich meldete. »Was gibt's Neues bei euch?«

»Oh, ich dachte, Fernsehstars lassen sich immer nur anrufen, rufen aber nie selbst irgendwo an«, erwiderte Nathalie amüsiert.

»Ja, daran muss ich noch arbeiten«, sagte Louise und schilderte in groben Zügen, was den Tag über geschehen war.

»Neue Erkenntnisse konnten wir bislang auch nicht gewinnen«, vermeldete Nathalie und klang unüberhörbar frustriert. »Die Polizei hat Keetjes Wohnung in London durchsucht; die Kollegen in den Niederlanden haben sich in ihrer Wohnung in Tilburg umgesehen, aber nichts finden können, was auf den Täter hinweist.«

»Vielleicht kristallisiert sich ja hier noch was heraus, wenn die Dreharbeiten erst mal begonnen haben«, überlegte Louise. »Leider hat dieser Keetje-Fanclub sein Kommen abgesagt, weil sie finden, dass *Hottie in da Kitchen* ohne Keetje nicht weiter produziert werden sollte. Ich habe heute ein paarmal versucht, mit ihnen Kontakt aufzunehmen, aber diese Leute ignorieren mich so beharrlich, als hätte ich Keetje umgebracht, um ihren Platz einzunehmen. Ich schicke dir nachher die Kontaktdaten rüber, dann soll Ronald die hiesige Polizei bitten, den Fanclub etwas genauer unter die Lupe zu nehmen.«

»Gute Idee«, fand Nathalie. »Bestimmt kursieren bei denen ein paar interessante Theorien über den Mörder und sein Motiv, und vielleicht werden wir ja auf diesem Weg fündig.«

Louise beendete das Telefonat und versprach, sich am nächsten Tag wieder zu melden und Bericht zu erstatten, dann machte sie kehrt und verließ in Höhe des Hotels Achter de Dijk den Strand. Das Hotel war zwar groß, dabei jedoch in viele kleine Segmente aufgeteilt, die dafür sorgten, dass es beim Angebot an nichts fehlte. So hatte man vermieden, einen großen Klotz aus Stahl, Glas und Beton dort hinzusetzen, der unweigerlich deplatziert gewirkt hätte. Indem man mit fließenden, abgerundeten Elementen gearbeitet hatte, war etwas Organisches entstanden, das mehr wie ein Teil der Landschaft wirkte. Durch die Nähe zum Meer war das ein äußerst angenehmer Arbeitsplatz. Louise hätte sich nur gewünscht, dass diese Umgebung mehr in die Show einbezogen worden wäre.

»Wer weiß«, murmelte sie. »Vielleicht bleibe ich ja lange genug an Bord, um den Vorschlag irgendwann einmal machen zu können.«

Erst gegen halb elf am Abend kehrte Martin von seinem Termin zurück, der sehr erfolgreich verlaufen war, weil er besagten Geschäftspartner nach nur kurzer Unterhaltung als neuen Mandanten hatte gewinnen können.

Der Mandant hatte sich in einer Situation befunden, die das schnelle Handeln eines guten Anwalts erfordert hatte, woraufhin man das eigentlich vorgesehene Abendessen kurzerhand abgesagt hatte. Damit hatte für Martin der Rest des Abends darin bestanden, Akten zu wälzen und alle notwendigen Schreiben aufzusetzen, damit der Fall frühzeitig abgewickelt werden konnte.

Dementsprechend ausgehungert war er, als er vor dem Bungalow vorfuhr, um mit Louise in einem kleinen Restaurant essen zu gehen, das zu Fuß nur zehn Minuten entfernt war. Dessen Betreiberin hatte er auf der

Rückfahrt von Rotterdam am Telefon dazu überreden können, die Küche für sie beide etwas länger als üblich geöffnet zu lassen. Da Marcia sich schon um acht Uhr in ihr Schlafzimmer zurückgezogen hatte, , hatte Louise den Abend allein vor dem Fernseher verbracht und ihren knurrenden Magen ab und zu mit einem Keks besänftigt.

Jetzt saßen Martin und sie in dem fast nur von Kerzenschein erleuchteten kleinen Lokal 't Biggetje und genossen die riesige Fischplatte, die mit mehr als einem Dutzend Sorten Fisch als Spezialität des Hauses galt. Mit einem Glas Weißwein stießen sie auf den erfolgreichen Termin an, den Martin in Rotterdam absolviert hatte.

»Heißt das denn, dass du öfter nach Rotterdam zu deinem neuen Mandanten reisen musst?«, fragte Louise ein wenig besorgt.

»Wenn du wissen willst, ob ich meine Kanzlei in Earlsraven womöglich schließen und hierher umziehen muss«, erwiderte er, »kann ich dich beruhigen. Es kann sein, dass ich bei wichtigen Geschäftsabschlüssen anwesend sein muss, aber wie bei meinen anderen Mandanten kann ich neunzig Prozent der Gespräche per Telefon oder Skype erledigen, und der Schriftverkehr geht ohnehin so gut wie vollständig über E-Mail. Es sei denn, es muss etwas beglaubigt werden. Doch in den Fällen werde ich immer prüfen, ob da nicht ein ortsansässiger Notar ausreicht.«

»Ja, ich hatte schon befürchtet, dass das mit uns eine Fernbeziehung werden könnte, bevor sie überhaupt richtig angefangen hat«, gab Louise zu. »Allerdings sollte so ein Einwand wohl nicht ausgerechnet von mir kommen, denn mit der Kochshow bin ich ja unter Umständen diejenige, die immer wieder mal für ein paar Tage außer Landes ist. Vorausgesetzt, die Zuschauer akzeptieren mich überhaupt. Der Keetje-Fanclub bleibt den Dreharbeiten ja schon demonstrativ fern.«

»Ach, Fans neigen zu Überreaktionen, wenn sich irgendwas verändert«, beschwichtigte Martin sie. »Ob das bei Fortsetzungen von Filmen ist, wenn Rollen neu besetzt werden, oder wenn eine Band einen neuen Sänger verpflichtet. Das ist hier nicht anders. Selbst wenn die bisherigen Fans sich weigern, die neue Köchin ›in da Kitchen‹ zu unterstützen, werden andere deren Platz einnehmen und dich bejubeln. Das kommt ganz sicher so.«

»Dein Wort in Gottes Ohr«, murmelte sie und aß weiter.

»Ich kann zwar sehen, dass es Ihnen schmeckt, aber ich möchte auch wenigstens einmal gefragt haben«, sagte die Eigentümerin des Lokals lächelnd, als sie nach einer Weile zu ihnen an den Tisch kam.

»Mevrouw van Dalen, es schmeckt einfach himmlisch«, antwortete Martin, während Louise nur zustimmende Laute von sich geben konnte, da sie den Mund voll hatte. Beiläufig deutete Martin auf die leeren Weingläser, damit sie noch zwei Gläser Weißwein brachte.

»Es freut mich immer, wenn es meinen Gästen schmeckt«, sagte Mevrouw van Dalen, dann wandte sie sich an Louise: »Ich hoffe, Sie halten mich nicht für zu neugierig, aber ... stimmt es, dass Sie die Nachfolgerin von Keetje Koopmans in dieser Kochshow sind? Jemand aus dem Hotel hat mir das erzählt, doch die Leute reden ja viel, wenn der Tag lang ist.«

Louise nickte. »Ja, das ist richtig. Sie haben ja bestimmt gehört, dass Miss Koopmans einem Mord zum Opfer gefallen ist.«

»Ja, das war eine schreckliche Nachricht«, bestätigte die Gastwirtin. »Schlimm genug, dass jemand so was macht, doch drüben im Hotel hatten alle auch noch Angst, die Show könnte eingestellt werden.«

»Tja, ich werde mir Mühe geben, eine würdige Nachfolgerin zu sein, damit die Kochshow noch lange produziert wird«, versprach Louise ihr und lächelte optimistisch.

»Wissen Sie, ich hatte ja gedacht, dass Marcia die Nachfolge antritt«, fuhr die andere Frau fort. »Nichts gegen Sie, Mevrouw Cartham, doch ich nahm an, dass die Geliebte des Produzenten die Nase vorn hat, selbst wenn sie nicht mal ein Ei kochen kann.«

Louise stutzte. »Die Geliebte des Produzenten? Marcia? Marcia Wheeler, die Keetjes Assistentin war?«

Die Wirtin nickte. »Die und keine andere.«

»Wie kommen Sie darauf, dass die beiden eine Affäre haben?«, hakte sie nach.

»Weil ich sie oft genug hier im Ort gesehen habe«, erklärte Mevrouw van Dalen. »Die beiden wohnen dann in diesem Bungalow, sie sind Arm in Arm unterwegs, alle paar Meter bleiben sie stehen und küssen sich.«

»Der Produzent hat mir erklärt, dass er so gut wie nie bei den Dreharbeiten für die Show anwesend ist«, hielt Louise dagegen. »Und als ich mit der Crew gesprochen habe, hat niemand ein Wort davon gesagt, dass die beiden ein Paar sind.«

»Das ist schnell erklärt: Es wird niemand wissen, weil die beiden immer nur herkommen, wenn gerade Drehpause ist«, fuhr die Gastwirtin fort.

»Aber wenn es doch niemand erfahren soll«, warf Martin ein, »woher weiß dann jeder, wer er ist?«

Mevrouw van Dalen lächelte geheimnisvoll. »Nicht *jeder* weiß es. Und bislang hatte ich auch keinen Grund, irgendwem davon zu erzählen.«

»Setzen Sie sich doch bitte einen Moment zu uns«,

sagte Louise und zog den freien Stuhl unter dem Tisch hervor.

Die Gastwirtin nahm Platz. »Die beiden haben schon ein paarmal hier gegessen, und weil ich zu den normalen Öffnungszeiten meistens so viel zu tun habe, dass man reservieren sollte, um einen Tisch zu bekommen, haben sie auch reserviert. Sie haben nicht angerufen, sondern sind hergekommen und haben um eine Reservierung für den nächsten Tag gebeten. Auf den Namen John Smith.« Sie grinste flüchtig.

»Wie originell«, stöhnte Louise und rollte mit den Augen.

»Es kam mir schon seltsam vor. An einem Abend wurde ›John Smith‹ angerufen, und da es wie aus Kübeln regnete, hat er das Gespräch am Tisch sitzend angenommen. Ich stand in dem Moment an meinem Sekretär da vorn und sortierte ein paar Belege, sodass ich das Telefonat mitbekam, ob ich wollte oder nicht. ›John Smith‹ meldete sich klar und deutlich mit ›Campbell‹, und er schien sich über etwas zu ärgern. Auf einmal herrschte er den Anrufer an: ›Verdammt, *ich* bin der Produzent von *Hottie*, und *ich* entscheide was gemacht wird. Wenn meine Frau Ihnen etwas anderes erzählt, ist das völlig ohne Belang!‹ So in etwa äußerte sich Mr ›Smith‹. Nachdem er dann aufgelegt hatte, sagte er zu Marcia: ›Stell dir vor, was meine Frau gemacht hat.‹« Mevrouw van Dalen zuckte mit den Schultern. »Noch Fragen?«

Louise nickte erfreut. »Nein, im Augenblick nicht. Ich glaube, Sie haben soeben dazu beigetragen, dass wir diesen Fall lösen können.«

»Wir?«

»Ja, ich assistiere zu Hause in England unserem Constable«, erklärte sie. »Er ist ganz allein für ein riesiges Einzugsgebiet zuständig, da braucht er einfach Hilfe.«

»Sie meinen, was ich gehört habe, könnte Sie zu Keetjes Mörder führen?«, fragte Mevrouw van Dalen ungläubig. »Ist das Ihr Ernst?« Sie fasste Louise am Arm. »Wenn Sie wissen, wer es getan hat, sagen Sie mir dann Bescheid?«

»Wenn wir durch Ihre Beobachtungen den Mörder fassen können, werden wir Sie und Ihr Lokal sogar namentlich erwähnen, wenn Ihnen das recht ist.«

Die Frau stand auf, zeigte auf den Tisch und erklärte: »Das geht aufs Haus!« Dann ging sie davon, um den Wein zu holen.

Louise griff nach ihrem Telefon. »Ich muss sofort Nathalie anrufen.«

»Sieh lieber erst mal auf die Uhr«, warnte Martin sie.

»Was? Schon halb zwei?«, stellte sie erstaunt fest. »Ist egal. Zu Hause ist es erst halb eins, und für diese Neuigkeit würde ich Nathalie auch noch um drei aus dem Schlaf holen.« Sie tippte auf die Nummer ihrer Freundin, und Sekunden später klingelte auf der anderen Seite des Ärmelkanals ein Telefon.

Achtes Kapitel, in dem ein belastender Beweis dem anderen zuvorkommt

»Nathalie, du schnarchst«, brummte Fred verschlafen.

»Ich schnarche nicht«, murmelte Nathalie und seufzte zufrieden.

»Doch, du schnarchst«, beharrte er.

»Ich schnarche nicht, das ist mein Handy.«

»Handys schnarchen nicht.«

Nathalie stöhnte genervt und versuchte alles, um nicht aufzuwachen. Sie lag so perfekt an Fred geschmiegt, dass sie sich einfach nicht rühren wollte. »Das schnarcht auch nicht, sondern es klingelt.«

»Dann geh doch endlich ran«, grummelte er.

Genau das wollte sie ja nicht. Dann müsste sie sich

umdrehen und auf dem Nachttisch nach dem Handy tasten. Bei ihrem Glück würde es sicher auch noch runterfallen, und sie würde aus dem Bett klettern müssen, um es im Dunkeln zu suchen. »Nö.«

»Könnte aber wichtig sein«, gab Fred zu bedenken.

»Irgendwas ist passiert!«, rief sie plötzlich erschrocken, riss die Augen auf und setzte sich so abrupt hin, dass Fred zur Seite rollte und im Halbschlaf beinahe aus dem Bett gefallen wäre.

Nathalie griff nach dem Handy. *Louise ruft an,* stand auf dem Display. »Ist was passiert?«, rief sie, als sie den Anruf angenommen hatte.

»Habe ich dich geweckt?«, fragte Louise.

»Ja, aber das ist egal. Was ist los?«

»Campbell und Marcia sind ein Paar!«

»Der Produzent?«, murmelte Nathalie. »Und?«

»Du bist noch nicht richtig wach, Nathalie«, kam es daraufhin von Louise. »Sonst würdest du nicht mit ›Und?‹ antworten. Noch mal: Campbell und Marcia sind ein Paar. Was bedeutet das?«

»Warte, lass mich kurz nachdenken«, sagte Nathalie. »Ich muss erst einmal einen klaren Kopf bekommen. Also, wenn Marcia Campbells Geliebte ist, dann … dann würde er ihr zum Beispiel ein falsches Alibi geben.«

»Ganz genau«, bestätigte Louise.

»Das heißt, die Geschichte mit der Übernachtung in seinem Büro muss nicht stimmen. Und da niemand bestätigen kann, dass Marcia tatsächlich von dort auf direktem Weg in die Niederlande abgereist ist und sich ab dem 12. Mai da aufgehalten hat, kann sie in der Zeit bis zum ersten Auftauchen bei der Filmcrew wer weiß wo gewesen sein.« Nathalie drehte sich so, dass sie sich gegen das Kopfende des Bettes lehnen konnte. »Das müsste doch reichen, um sie zu verhaften.«

»Da bin ich eher skeptisch«, sagte Louise nachdenklich. »Es würde genügen, um sie von der Polizei befragen zu lassen. Aber das würde die Polizei in den Niederlanden machen, und die würde Marcia garantiert nach der Befragung nicht in U-Haft nehmen. Ich meine, es gibt ja keine Widersprüche, wenn sie und Campbell die gleiche Geschichte erzählen. Wir können sie bislang nicht widerlegen, und solange wir nichts in der Hand haben, müssen die beiden auch keinen Beleg dafür liefern, dass sich alles tatsächlich so zugetragen hat. Dann lassen die niederländischen Kollegen sie wieder laufen, Marcia ist vorgewarnt und kann sich wieder mit Campbell absprechen. Oder sie merkt, dass man ihr auf der Spur ist, und setzt sich ab.«

»Was wir natürlich nicht wollen.« Nathalie überlegte angestrengt.

»Warum blufft ihr nicht einfach?«, fragte Fred, der sich aus den Ausführungen und Antworten seiner Freundin das meiste zusammengereimt hatte.

»Inwiefern sollen wir bluffen?«, gab Nathalie zurück. »Was sollen wir ihr weismachen, damit sie ein Geständnis ablegt? Keetje ist bereits tot.«

»Dann erweckt sie wieder zum Leben«, schlug er vor.

»Ich … kann dir gerade nicht folgen, Fred«, murmelte Nathalie.

»Aber ich. Schalt mich mal auf Lautsprecher«, ertönte es aus dem Handy, und Nathalie kam Louise' Bitte sofort nach. »Wir sollen ihr vormachen, dass Keetje nicht tot ist, sondern in Wahrheit so schwer verletzt wurde, dass sie ins Koma gefallen war. Dass wir die Nachricht von ihrem Tod nur aus ermittlungstaktischen Gründen verbreitet haben und um Keetje in ihrem Zustand vor einem möglichen erneuten Anschlag zu schützen. Damit sollen wir Marcia in das Krankenhaus locken, in dem

Keetje jetzt angeblich behandelt wird – in der Hoffnung, dass Marcia dorthin kommt, um Keetje nun wirklich zu ermorden. Richtig, Fred?«

»Ja, an so was hatte ich gedacht«, bestätigte er.

Unwillkürlich musste Louise lachen. »Das gefällt mir. Es ist nur sehr schwer umzusetzen. In der heutigen Zeit würde so was irgendwer im Internet ausplaudern. Jemand aus dem Krankenhaus, jemand vom Beerdigungsinstitut, die Sanitäter, die Keetje ins Krankenhaus gefahren hätten. Da müssten zu viele Leute eingeweiht werden, bei denen man trotzdem nicht weiß, ob sie den Mund halten werden. Wenn das irgendwo gepostet wird, löst das eine Lawine der Begeisterung und Anteilnahme aus, weil jeder kundtun will, wie froh er ist, dass Keetje doch nicht tot ist. Das wird endlos oft geteilt, und wenn wir damit tatsächlich Marcia in eine Falle locken sollten, wird das keinen mehr kümmern, und es wird uns später auch niemand mehr ein Wort glauben, wenn wir bekannt geben müssen, dass Keetje doch tot ist.«

»Stimmt, das geht nicht«, sagte Nathalie nachdenklich. »Aber wenn wir diese Idee ein bisschen variieren, könnte es funktionieren.« Sie begann, aus dem Stegreif ihren Plan zu formulieren, der mit Gegenvorschlägen und Ergänzungen von Fred und Louise und aus dem Hintergrund sogar von Martin schnell Gestalt annahm.

Als sie sich einig waren, erklärte Nathalie: »Gut, dann werde ich jetzt Ronald anrufen, damit er in Aktion tritt, und wenn hier alles bereit ist, gibt er euch Bescheid, damit ihr morgen früh sofort loslegen könnt.«

»Alles klar«, sagte Louise und legte auf.

Zwei Stunden später klingelte Nathalies Handy erneut.

»Du schnarchst«, beklagte sich Fred abermals im Halbschlaf.

Nathalie war diesmal sofort wach, nahm das Telefon an sich und ging nach nebenan ins Wohnzimmer, um Fred nicht schon wieder aufzuwecken. Sie hatte bereits auf das Telefon-Symbol getippt, da fiel ihr erst auf, dass es gar nicht Louise war, die anrief. »J.L.?«, murmelte sie, als sie den Namen des Gerichtsmediziners auf dem Display sah. »Lebt ihr eigentlich alle in einer anderen Zeitzone als ich, dass nur bei mir tiefste Nacht ist?«, fragte sie ironisch.

»Du weißt, ich würde um diese Uhrzeit nicht anrufen, wenn es nicht wirklich wichtig wäre«, sagte Talradja.

»Lass mich raten: Keetje Koopmans ist gar nicht tot, sondern war nur ins Koma gefallen, aus dem sie soeben erwacht ist. Richtig?«

»Nein, natürlich nicht! Wie kommst du denn auf diese Idee?«, wollte ein unüberhörbar verblüffter Gerichtsmediziner wissen.

»Schade, das hätte so gut in unseren Plan gepasst«, sagte sie. »Aber egal. Erzähl mir lieber, was um halb vier so wichtig ist, dass es nicht auch bis um halb acht warten kann.«

»Miss Koopmans' Handy. Dieser Bekannte von Martin, der alle möglichen Dateien retten oder wiederherstellen kann, stand vor einer Viertelstunde bei mir vor der Wohnungstür – mit dem Handy und einem separaten USB-Stick mit allem, was noch vom Chip zu retten war.«

Sie atmete schnaubend aus. »Konnte er damit nicht bis zum Morgen warten?«

»Martin hatte ihm gesagt, dass es eilig ist, und daran hat der Mann sich gehalten«, erklärte J.L. »Und er wollte es nicht als Mail-Anhang schicken, weil es nicht in falsche Hände geraten soll.«

»Okay, das verstehe ich ja. Aber konntest *du* damit nicht bis zum Morgen warten?«

»Ich habe mir angesehen, was auf dem Chip gespeichert ist«, erwiderte er. »Ich könnte mich jetzt nicht hinlegen und weiterschlafen, dafür bin ich viel zu aufgedreht. Und wenn du siehst, was ich gesehen habe, wirst du genauso aufgeregt sein.«

Sie lachte leise. »Okay, J.L. Ich kapituliere. Wir treffen uns bei Ronald auf der Wache.«

»Was macht er um diese Zeit denn auf der Wache?«

»So unglaublich das auch klingen mag, aber *er* dürfte inzwischen vermutlich schlafen, und zwar auf einer der Pritschen.« Sie sah zur Wanduhr. »Sei um vier Uhr da, ich werde es auch sein. Sofern ich auf dem Weg zur Wache nicht irgendwo in einen Vorgarten falle und dort gleich weiterschlafe.«

Es war kurz vor vier Uhr in der Frühe, als Nathalie den Marktplatz von Earlsraven überquerte. Ronald und J.L. standen am Eingang zur Wache und hielten bereits nach ihr Ausschau.

»Wo bleibst du denn?«, neckte der Constable sie. »Wir warten schon seit Stunden.«

»Und wenn es nach mir gegangen wäre, hättet ihr auch ruhig noch mindestens vier Stunden länger warten können«, gab Nathalie zurück. »Ihr könnt nur von Glück reden, dass es so eine milde Nacht ist. Wenn wir drei Grad hätten oder wenn es regnen würde, hätte ich keinen Fuß vor die Tür gesetzt.« Sie sah zwischen dem Polizisten und dem Gerichtsmediziner hin und her. »Und? Was gibt es so Wichtiges?«

»Ich habe noch nichts gesehen. Er« – Ronald wies mit dem Kopf auf J.L. – »wollte unbedingt warten, bis du hier bist.«

»Okay, ich bin hier«, sagte sie an den Gerichtsmediziner gewandt. »Jetzt möchte ich wissen, was los ist.«

J.L. nickte und ging vor ihnen her in das ehemalige Bankgebäude, setzte sich an den Schreibtisch und schloss den USB-Stick an den Computer an. Er tippte etwas ein, dann öffneten sich mehrere Dateien, und eine Reihe von Fotos wurde angezeigt.

»Das ist Pelham Woods«, sagte Nathalie, nachdem J.L. den Monitor so gedreht hatte, dass sie alle darauf schauen konnten.

»Richtig«, bestätigte Ronald.

»Da ist das Zelt von Keetje Koopmans.«

»Auch richtig.«

Der Gerichtsmediziner rief weitere Bilder auf, Ronald und Nathalie sagten im Wechsel, was sie sahen.

»Sehr schön«, bemerkte J.L. »Und jetzt zeige ich sie euch etwas kleiner in einer Übersicht, sortiert nach aufsteigendem Datum.«

Nathalie stutzte beim Anblick der letzten vier Fotos. »Sind die eingeblendeten Daten da unten korrekt?«

»Oh ja«, bestätigte Talradja freudig. »Nicht nur die Daten stimmen, sondern auch die Uhrzeiten. Ich habe den Einfallswinkel der Sonne und die Position verglichen, und es passt alles ganz genau zusammen. Was bedeutet …« Er tippte auf das letzte Foto. »… dass wir den Gegenbeweis haben. Jetzt können wir endlich etwas unternehmen.«

»Kurioserweise haben wir bereits etwas unternommen«, entgegnete Ronald amüsiert. »Aber wenn die Taktik fehlschlägt, können wir immer noch auf das hier zurückgreifen. Da kann Marcia Wheeler leugnen, so viel sie will.«

J.L. nickte zustimmend und fragte eine hellwach dreinschauende Nathalie: »Na, war es das wert, dafür um halb vier nachts aus dem Bett geklingelt zu werden?«

Nathalie strahlte vor Freude über die unerwartete Wendung in diesem Fall. »Hast du schon Louise angerufen und es ihr gesagt?«, fragte sie den Gerichtsmediziner.

Der schüttelte den Kopf.

»Egal«, meinte Nathalie und wählte kurzerhand Louise' Nummer. »Ich habe bei ihr noch ein nächtliches Wecken gut. Warum soll ich das auf die lange Bank schieben?« Sie grinste fröhlich in die Runde. »Oder hat einer der Herren etwas dagegen einzuwenden?«

Beide schüttelten hastig den Kopf.

Um kurz nach acht klopfte Louise energisch an die Tür zu Marcias Schlafzimmer. »Marcia, wachen Sie auf! Wir müssen raus hier!« Wieder pochte sie an die Tür, dann schlug sie mit der flachen Hand dagegen. »Marcia! Wachen Sie auf! Sonst komme ich rein!«

Augenblicke später wurde die Tür aufgerissen. Marcia Wheeler stand mit wild zerzausten Haaren in einem dünnen Nachthemd da und starrte Louise mit ängstlich aufgerissenen Augen an. »Was ist denn? Steht das Haus in Flammen?«

»Nein, aber uns rennt die Zeit davon!«, rief Louise und schüttelte sie. »Er ist auf dem Weg hierher, und wir wissen nicht, wann er hier ist!«

»Wann wer hier ist?«

»Der Unbekannte, der heute Nacht Raymond Campbell erschlagen hat!«, sagte Louise und fasste Marcia an den Schultern, dann drehte sie sie um und dirigierte sie in Richtung Bett. »Jetzt ziehen Sie sich rasch an. Martin wartet schon im Wagen auf uns. Ich erzähle Ihnen alles andere unterwegs.«

»Aber ich … aber ich … was? Raymond ist tot?« Sie wandte sich zu Louise um und schüttelte immer wieder den Kopf. »Das kann nicht sein …«

»Es ist aber so, und Sie werden auch bald tot sein, wenn Sie sich jetzt nicht schleunigst anziehen«, drängte Louise. »Ich hole in der Zwischenzeit Ihre Handtasche aus dem Wohnzimmer. Wir treffen uns an der Haustür. In zwei Minuten!«

Louise nahm die Handtasche auf und ging zur Tür. In der Rekordzeit von weniger als zwei Minuten kam Marcia zu ihr gelaufen. Sie hatte in aller Eile Jeans und T-Shirt angezogen, dazu ein Paar Joggingschuhe. Ihre Haare waren noch genauso zerzaust wie zuvor. Louise entging nicht, dass ihr Tränen über die Wangen liefen. *Dann stimmt es also, was Mevrouw van Dalen gesagt hat,* dachte sie. *Die beiden sind tatsächlich ein Paar.*

Sie liefen zu Martins Wagen, und kaum waren sie beide eingestiegen, gab er auch schon Gas und fuhr mit quietschenden Reifen los. Während der Bungalow hinter ihnen zurückfiel, legte Louise den Gurt an und gab Marcia ein Zeichen, sich ebenfalls anzuschnallen. Sie sah über die Schulter zurück und atmete erleichtert auf. »Okay, das hätten wir geschafft.« Dann tätschelte sie Marcias Hand. »Jetzt sind Sie erst mal in Sicherheit.«

Hilflos begann die junge Frau zu stammeln: »Aber … aber … was ist denn nur passiert? Was … was ist mit Raymond? Wer soll ihn erschlagen haben? Und warum … warum soll mich jemand umbringen wollen?«

Louise lehnte sich zurück und atmete ein paarmal tief durch. »Martin und ich wollten heute Morgen nach Westkapelle runterfahren und da frühstücken. Er hat dort ein schönes Lokal ausgekundschaftet. Na ja, wir waren gerade aufgebrochen, da rief Constable Strutner von der Polizei in Earlsraven an. Er bearbeitet ja den

Mord an Keetje. Er hat mir berichtet, dass der Wachdienst heute Morgen um sechs Uhr Mr Campbell tot in seinem Büro aufgefunden hat. Strutner ist sofort hin, hat sich dort umgesehen und vom Gerichtsmediziner erfahren, dass Campbell von hinten mit einem Schlag auf den Hinterkopf getötet wurde. Die Verletzung ähnelt sehr stark der von Keetje, weshalb der Gerichtsmediziner die Vermutung geäußert hat, dass es sich um den gleichen Täter handelt.«

»Aber …«, warf Marcia ein.

»Aber ich habe Keetje doch gar nicht erschlagen.« Ist es das, was dir jetzt fast rausgerutscht wäre?, fragte sich Louise. »Was wollten Sie sagen?«, erkundigte sie sich.

»Aber warum Raymond? Wem hat er denn was getan?«, fragte die junge Frau in einem wimmernden Tonfall. »Und was hat das mit mir zu tun?«

»Dazu wollte ich gerade kommen«, erwiderte Louise. »Als dann vor einer Viertelstunde Campbells Leichnam abgeholt wurde, flatterte ein kleiner Zettel zu Boden.« Sie zog ein Stück Papier aus der Hosentasche, um abzulesen, was sie sich notiert hatte. »Auf dem Zettel stand: *Erst die liebe Keetje, dann der dumme Raymond und zum Schluss die hochnäsige Marcia.*«

»Der Mörder hat angekündigt, mich umzubringen?«, rief sie voller Entsetzen.

»Richtig. Und er hat ein paar Stunden Vorsprung. Als der Wachdienst um vier Uhr in Campbells Büro nach dem Rechten gesehen hatte, war er noch wohlauf. Das heißt also, dass der Mörder sich vor ungefähr vier Stunden auf den Weg hierher gemacht haben könnte.«

Marcia schüttelte den Kopf. »Aber woher will er wissen, wo ich zu finden bin?«

»Meinen Sie wirklich, dass das für ihn ein Problem ist, wenn er in der Lage war, Keetje auf ihrer Wanderung in Pelham Woods abzupassen, obwohl er zeitlich zwei Tage hinterherhinkte, was ihren aktuellen Aufenthaltsort betraf?«

Die junge Frau kniff die Augen zusammen und dachte angestrengt nach. Louise lächelte in sich hinein. Marcia musste mitspielen, ob sie wollte oder nicht. Sobald sie Zweifel an der Art und Weise äußerte, wie Keetje ums Leben gekommen war, würde sie sich verdächtig machen, und wenn eine mögliche erneute Autopsie dann auf einmal etwas anderes ergab, würde sie Schwierigkeiten bekommen, ihre Zweifel zu erklären. Dass dem Gerichtsmediziner bei Keetje ein Fehler unterlaufen sein musste, war zwar offensichtlich, aber es war doch sehr unwahrscheinlich, dass er diesen Fehler wiederholen würde.

Schließlich nickte Marcia und griff nach ihrer Handtasche. »Und was machen wir jetzt?«

»Wir fahren zum Flughafen Den Haag«, erklärte Martin, der im Rückspiegel kurz Marcia Wheeler ansah. »Miss Ames aus Earlsraven hat vom Constable von der Situation erfahren, und sie hat ihre Beziehungen spielen lassen. Bis wir da sind, wird eine Privatmaschine eines guten Bekannten gelandet sein, die uns nach England bringt.«

»Zurück nach England?«, fragte Marcia verdutzt. »Aber die Show …«

»Die Show ist für den Moment zweitrangig. Wir bringen Sie nach Hause, weil der Killer Sie dort zuletzt vermuten wird«, antwortete Louise. »Der Bungalow wird observiert, und sobald unser Unbekannter dort auftaucht und einsteigt, wird die Polizei ihn festnehmen. Wenn das passiert ist, ist die Gefahr gebannt und wir können zurück.« Nach einer kurzen Pause fügte sie an: »Wobei sich erst noch zeigen wird, ob die Show weitergehen kann oder nicht. Sie hat schließlich ihren Produzenten verloren. Ich kenne mich in dieser Branche nicht aus, darum kann ich auch keine Prognose wagen, ob ein anderer so schnell einspringen wird und ob er es überhaupt kann.«

»Meine Zigaretten!«, rief Marcia nervös, nachdem sie ihre Handtasche zum dritten Mal durchwühlt hatte. »Ich habe keine Zigaretten!«

»Dann werden Sie sich gedulden müssen, bis wir in Earlsraven sind«, sagte Martin. »Außerdem gilt in diesem Wagen ohnehin Rauchverbot.«

»Oh verdammt! Dann muss ich warten, bis wir in … wo sind?«

»Earlsraven«, antwortete Louise geduldig.

»Wo liegt das überhaupt?«

»Ganz in der Nähe von Pelham Woods«, erklärte die Köchin und schüttelte im Geiste den Kopf über so viel Orientierungslosigkeit.

»Gibt's da irgendwo Zigaretten?«

Louise nickte. »Ja, zwar nicht alle Sorten, aber vier oder fünf gängige sind im örtlichen Pub immer vorrätig. Sie können dann ein Päckchen kaufen, wenn wir da sind.«

»*Ein* Päckchen?«, wiederholte Marcia fast entrüstet. »Ich werde mindestens *drei* kaufen. Ich habe einiges nachzuholen.« Unruhig trommelte sie mit den Fingern auf die Sitzfläche der Rückbank.

Louise sah aus dem Fenster, damit sie unbeobachtet die Augen verdrehen konnte. Auch wenn es nur über den Kanal ging, drohte das der längste Flug ihres Lebens zu werden.

Gegen Mittag erreichten sie das Black Feather. Marcia war vom Flug noch immer etwas blass im Gesicht. Nach dem Start hatte sie zugegeben, an massiver Flugangst zu leiden, zu der sie sich bis dahin nicht hatte bekennen wollen. Louise hatte der Flug nichts ausgemacht, und sogar Martin schien sich in einem Flugzeug wohlzufühlen – anders als zuvor auf der Fähre. Von dem kleinen Privatflughafen nahe dem südlichsten Zipfel der Insel aus waren sie mit einem Mietwagen zurück nach Earlsraven gefahren. Da sich unterwegs keine Gelegenheit ergeben hatte, irgendwo anzuhalten und Zigaretten zu kaufen, war Marcia ein Nervenbündel, als sie schließlich auf den Parkplatz an der Terrasse fuhren.

Sie stiegen aus und betraten das Café, um von dort aus in Nathalies Büro zu gehen, aber Marcia stürmte zur Theke und fragte die Bedienung nach Zigaretten. Als die Aushilfe zögernd Louise ansah, nickte die und sagte: »Holen Sie ihr bitte von drüben ein Päckchen.« Ihr Blick wanderte zu Marcia. »Oder lieber doch drei, wie Sie es gesagt hatten?«

»Drei oder vier«, gab Marcia zurück. Ihre Finger zitterten, als sie in ihrer Handtasche kramte und ein Feuerzeug zutage förderte.

Es dauerte jedoch noch ein paar Minuten, bis die Bedienung wieder auftauchte. In der Zwischenzeit war Nathalie nach vorn gekommen, da sie von ihrem Büro aus die Ankunft der drei beobachtet hatte. Sie ging zu Marcia und begrüßte sie: »Guten Tag! Ich bin Nathalie Ames, ich habe den Flug für Sie arrangiert. Schön, dass Sie diesem Irren noch entkommen konnten.« Sie drehte sich zu Louise um. »Der Constable hat noch keine Rückmeldung von den Kollegen in den Niederlanden, aber es wird nur eine Frage der Zeit sein, bis der Kerl in den Bungalow einsteigt.«

»Danke, dass Sie das für mich getan haben«, sagte

Marcia und sah nervös an ihr vorbei zu der Tür, durch die die Bedienung verschwunden war.

»Sie müssen keine Angst haben«, versicherte Nathalie ihr. »Sie werden vorübergehend bei uns einquartiert. Hier können wir ein Auge auf jeden haben, der sich Ihrem Zimmer nähern will. Außerdem wird der Mörder gar nicht auf die Idee kommen, hier nach Ihnen zu suchen. Ihre Wohnung wird übrigens auch observiert. Falls er in Oostkapelle feststellt, dass Sie sich gar nicht dort aufhalten, wird der nächste logische Schritt der sein, zu Ihrer Wohnung zu fahren. So oder so wird die Polizei ihn schnappen.«

»Danke für alles«, erwiderte die jüngere Frau. »Aber ich habe im Moment keine Angst, ich habe bloß seit Stunden keine Zigarette mehr geraucht. Das … das macht mich ein bisschen … na, wie soll ich sagen … unruhig.«

Nathalie nahm ihre Hand und drückte sie. »Sie sollten lieber versuchen, mit dem Rauchen aufzuhören, Miss Wheeler.«

Marcia lachte nervös auf. »Habe ich schon versucht, doch … bei nächster Gelegenheit auf jeden Fall.« Sie sah um Nathalie herum und entdeckte die junge Bedienung, die mit drei Päckchen zurückkam. Eines war bereits geöffnet. Marcia riss es ihr förmlich aus der Hand. Als sie die erste Zigarette angezündet und den Rauch tief inhaliert hatte, wurde sie schnell ruhiger, das Zittern ließ prompt nach, und sie brachte sogar ein Lächeln zustande. »Das tut gut.«

»Entschuldigen Sie, Miss, aber die Zigaretten muss ich sofort kassieren«, meldete sich die Bedienung zögerlich zu Wort.

»Was? Ja, natürlich. Hier«, sagte Marcia und griff in

ihre Handtasche, holte eine Kreditkarte heraus und hielt sie der Aushilfe hin.

Die las die Karte ein, unterbrach den Vorgang, begann von vorn, brach wieder ab und unternahm einen dritten Anlauf.

»Stimmt was nicht?«, fragte Nathalie.

»Ich weiß nicht. Sobald ich die Karte in das Lesegerät stecke, erscheint die Anzeige *Prüfziffer falsch.*«

»Nicht schon wieder«, stöhnte Marcia.

»Schon wieder?«, hakte Nathalie nach. »Hatten Sie das schon mal?«

»Erst vor ein oder zwei Wochen«, antwortete die Frau genervt und wandte sich an die Bedienung: »Sie müssen manuell einen Code eingeben, damit diese Anzeige verschwindet. Meine Bank sagt, dass das ein Softwarefehler in Ihrem Lesegerät sein muss, weil mit meiner Karte alles in Ordnung ist.«

»Und wie lautet dieser Code?«, erkundigte sich Nathalie, die hellhörig geworden war.

»Fragen Sie mich was Leichteres«, erhielt sie zur Antwort und sah, wie Marcia eine Visitenkarte aus der Tasche nahm. »Hier, rufen Sie bei meiner Bank an, die werden Ihnen den Code sagen.«

»Das ist eine Bank in den Niederlanden«, stellte die junge Kellnerin fest.

»Ja, aber die sprechen da alle Englisch.«

Die Bedienung sah Nathalie fragend an.

»Machen Sie es genau so, Mary-Ellen«, forderte Nathalie sie auf. »Und notieren Sie Miss Wheelers Adresse auf dem Beleg, und sie muss ihn unterschreiben, also nicht mit Geheimnummer bestätigen.«

»Okay, werde ich machen«, sagte die Aushilfe.

Das Ganze nahm einige Minuten in Anspruch, die Marcia nutzte, um weitere drei Zigaretten im Eiltempo zu rauchen, als wollte sie tatsächlich alles nachholen, was sie in den letzten Stunden versäumt hatte. Nachdem das Telefonat getätigt und die Zahlung abgeschlossen war, nahm Nathalie den unterschriebenen Beleg an sich. »Kommen Sie, Miss Wheeler, wir gehen in mein Büro. Möchtet ihr zwei uns begleiten?«

»Natürlich«, erwiderte Louise und legte einen Arm um Marcia, damit sie sie in den Durchgang zum Korridor dirigieren konnte, der zum Büro führte. Marcia schien nichts um sich herum wahrzunehmen, sondern war ganz auf ihre Zigarette konzentriert.

Im Büro saßen Ronald und J.L. vor Nathalies Schreibtisch und standen auf, um Marcia zu begrüßen und ihr einen Platz anzubieten. Nachdem sie sich für den rechten Stuhl entschieden hatte, setzte der Gerichtsmediziner sich wieder links von ihr hin. Ronald lehnte sich gegen die Wand, während Louise und Martin an der Tür stehen blieben.

Nathalie zog einen Ordner aus dem Aktenschrank, setzte sich ebenfalls hin und begann zu blättern. Schließlich entdeckte sie den gesuchten Beleg, nahm ihn aus dem Ordner und schüttelte bedächtig den Kopf. »Miss Wheeler, ich bin enttäuscht«, sagte sie und merkte, dass nicht nur Marcia, sondern auch alle anderen sie verständnislos anblickten. »Sehen Sie, wir haben uns solche Mühe gegeben, den Beweis dafür zu liefern, dass Ihre Geschichte vom schmerzenden Knie, vom Abbruch der Wanderung und von der Abreise in die Niederlande komplett erfunden ist, um den Mord an Keetje Koopmans zu vertuschen. Wir haben Ihre Wohnung auf den Kopf gestellt und im Kühlschrank dieselbe Sorte Giftpilze gefunden, mit denen Sie auch Ihre Kollegin getötet haben. Und was machen Sie? Sie kommen uns einfach zuvor und liefern sich selbst ans Messer. Finden Sie das in Ordnung?«

Marcia kniff die Augen ein wenig zusammen. »Entschuldigen Sie, aber was reden Sie da? Ich habe mit Keetjes Tod nichts zu tun. Als ich die Wanderung abgebrochen habe, da hat Keetje noch gelebt.«

»Oh ja, das glauben wir Ihnen auch aufs Wort«, konterte Nathalie. »Keetje lag in dieser Senke im Wald, in die Sie sie gestoßen hatten, und rang mit dem Tod, von dem Sie wussten, dass er unweigerlich eintreten würde. Das Gift hatte schon so viel Schaden in Keetjes Körper angerichtet, dass ihr selbst dann nicht mehr zu helfen gewesen wäre, wenn innerhalb der nächsten zwei oder drei Stunden irgendein anderer Wanderer auf sie aufmerksam geworden wäre. Aber sie lebte noch, als Sie sie dort im Wald zurückließen. Da haben Sie natürlich recht. Was den Rest betrifft … Na ja, gehen wir noch einmal die Fakten durch. Am 11. Mai haben Sie nach eigener Aussage die Wanderung abgebrochen und sind zu Mr Campbell ins Büro gefahren, wo Sie angeblich die Nacht auf dem Sofa verbracht haben.«

Marcia nickte bestätigend.

»Am 12. Mai sind Sie dann in Richtung Studio aufgebrochen, haben in Amsterdam den Mietwagen abgeholt, sind nach Delft gefahren, um zwei Tage bei Keetjes sehr vergesslicher Großmutter im Seniorenheim zu verbringen. Und am 14. Mai sind Sie dann am Abend in Zeeland eingetroffen und in Ihren Bungalow eingezogen.«

Wieder nickte die andere Frau.

»Gerade eben haben Sie in meinem Café die Zigaretten mit Ihrer Karte bezahlt, was zuerst nicht so richtig funktionieren wollte.«

»Was soll das?«, gab Marcia zurück und zündete die nächste Zigarette an. »Sie waren doch dabei.«

»Die Zigaretten sollten Sie sich ein wenig einteilen«, riet der Constable ihr. »Da, wo ich Sie gleich hinbringe, sind die ein gefragtes Zahlungsmittel.«

Die Frau warf ihm einen ratlosen Blick zu, schüttelte den Kopf und sah wieder Nathalie an.

»Sie sprachen davon, dass das Problem mit Ihrer Karte vor Kurzem schon einmal aufgetreten ist.«

Marcia verdrehte die Augen. »Müssen wir das alles noch mal durchkauen?«, fragte sie entnervt und zog an der Zigarette.

»Ich möchte nur sicherstellen, dass das alles so stimmt«, machte Nathalie ihr klar. »Und jetzt schauen Sie mal, was ich hier habe.« Sie hielt einen zweiten Beleg hoch, der mit den gleichen Vermerken versehen war. »Sehen Sie, da ist die Telefonnummer Ihrer Bank in den Niederlanden, das da ist der Code, der eingegeben werden muss, damit das Lesegerät die Karte akzeptiert. Und wenn ich den Beleg umdrehe, dann steht da Ihre Adresse drauf, und das gleich darunter ist Ihre Unterschrift. Und dieser Beleg ist vom 14. Mai, als Sie längst nicht mehr in England gewesen sein wollen. Was sagen Sie dazu?«

»Dazu kann ich nur sagen, dass Sie mich reinlegen wollen«, zischte Marcia. »Ich bin noch nie hier gewesen, und ich habe ganz sicher nicht in Ihrem Café mit meiner Kreditkarte bezahlt.«

»In meinem Café haben Sie damit nicht bezahlt, das stimmt«, entgegnete Nathalie. »Aber in meinem *Pub.*«

»In Ihrem *Pub?* In welchem Pub? Was reden Sie da für einen Unsinn?«

»Im Pub, der sich auf der anderen Seite des Korridors befindet.«

Marcia saß da und sagte nichts. Ihr war anzusehen,

dass sie krampfhaft überlegte, was sie wohl übersehen hatte.

»Sie haben Keetje am 14. Mai ermordet, haben den Wald verlassen und sind losgefahren, um das Flugzeug nach Amsterdam zu erwischen«, fuhr Nathalie fort. »Sie hatten aber noch etwas Zeit, also sind Sie auf unseren Parkplatz *vor* dem Black Feather gefahren. Sie haben den Pub betreten, etwas zu essen bestellt, und nach dem Essen haben Sie Ihre Fahrt fortgesetzt, ohne zu ahnen, dass es auf der anderen Seite auch noch ein Café gibt. Deshalb konnten Sie vorhin im Café auch nicht wissen, dass der Pub im gleichen Haus untergebracht ist. Sonst hätten Sie vermutlich bar bezahlt oder sogar auf die Zigaretten verzichtet.«

»Das ist doch alles gelogen!«

»Und wissen Sie, was?«, sprach Nathalie unbeirrt weiter, nachdem sie noch einen Blick auf den Beleg geworfen hatte. »Es ist ja schon schlimm genug, dass Sie Ihre Kollegin so qualvoll haben sterben lassen. Aber ich finde es ja fast noch perverser, dass Sie an diesem Mittag in einem Pub ausgerechnet eine *Pilzpfanne* gegessen haben.«

»Ich wusste nicht, was er vorhat! Ehrlich nicht!«, rief Marcia aus heiterem Himmel.

»Was wer vorhat?«, fragte Ronald und kam näher. »Reden Sie, Miss Wheeler!«

»Raymond! Mr Campbell!« Sie begann zu schluchzen. »Er hatte was vor, doch er wollte mir nicht sagen, was es war. Am 11. Mai wies er mich telefonisch an, die Wanderung abzubrechen. Auf dem Parkplatz haben wir uns dann getroffen, und er sagte, ich solle für die nächsten Tage unsichtbar bleiben, weil er etwas erledigen müsse. Ich sollte dann die Geschichte von den Knieschmerzen erzählen, wenn mich jemand darauf ansprechen würde. Und ich sollte auch all die anderen Sachen erzählen: wann ich abgereist bin, dass ich Keetjes Großmutter besucht habe und so weiter. Erst als ich gehört habe, dass Keetje tot ist, wurde mir klar, was Raymond gemacht hatte. Ich hatte keine Ahnung, warum er sie umgebracht hatte, aber ich hatte mich in diese Lügengeschichte hineinziehen lassen, und ich wusste nicht, wie ich da wieder rauskommen sollte. Er drohte mir damit, meine eigene Show platzen zu lassen.«

»Nein, das ist ja schrecklich«, sagte J.L. in mitfühlendem Ton. »Was für ein herzloser Mann! Und so feige.«

»Ja, das habe ich dann auch einsehen müssen«, erwiderte Marcia wimmernd und wischte sich mit einer Hand die Tränen von den Wangen. Dann zündete sie sich eine weitere Zigarette an.

»Hm, und jetzt ist Mr Campbell tot und kann sich zu nichts mehr äußern«, sagte Ronald. »Das heißt, wir können uns nur auf Ihre Aussage berufen.«

»Ja, das ist dann wohl so«, murmelte sie und schaute bestürzt vor sich auf die Tischplatte.

»Du falsche Schlange!«, ertönte Sekunden später eine wutentbrannte Stimme, die zu dem Mann gehörte, der soeben das Büro betrat.

»Aaah!«, entfuhr es Marcia entsetzt, als sie Raymond Campbell in der Tür stehen sah. »Du … du … du bist doch …«

»Tot?«, führte der ihren Satz zu Ende. »Offenbar bin ich das nicht, meine Liebe.«

»Aber … aber … Dann haben Sie mich angelogen! Sie alle haben mich angelogen! Das ist strafbar! Sie haben …«

»Ach, halt die Klappe!«, fuhr Campbell sie an. »Ich habe alles mit angehört. Du hast gedacht, der Idiot ist tot, dem kann ich den Mord einfach in die Schuhe schieben. Wehren kann er sich ja nicht mehr.«

Marcia hatte sich wieder im Griff, ihr Blick hatte nun etwas Berechnendes an sich. »Ich weiß nicht, was du willst. So ist es doch schließlich gewesen. Ich sollte für dich dieses Märchen erzählen, damit du hingehen und Keetje ermorden kannst!«

»Der Beleg da sagt etwas anderes aus!«

Marcia besaß zwar keinen guten Orientierungssinn, da sie ansonsten gemerkt hätte, dass sie schon einmal in Earlsraven gewesen war. Aber Nathalie musste zugeben, dass die junge Frau ansonsten nicht auf den Kopf gefallen war. Als wäre alles Teil eines ausgeklügelten Plans gewesen, erwiderte sie kühl und sachlich: »Der Beleg beweist gar nichts. Der besagt nur, dass ich am 14. hier zu Mittag gegessen habe. Dass ich deswegen auch etwas mit dem Mord zu tun habe …« Sie ließ eine kurze Pause folgen, um ihren Worten mehr Wirkung zu verleihen, dabei schüttelte sie gelassen den Kopf. »Tut mir leid, Raymond, aber dieser Beleg reicht nicht, um mir den Mord anzuhängen. Da hättest du dir wohl einen besseren Plan zurechtlegen sollen.«

»Du elende …«

»Sie hat recht, Mr Campbell«, unterbrach ihn Louise. »Der Beleg besagt, dass sie am 14. hier war. Doch daraus kann kein Gericht den Schluss ziehen, dass Miss Wheeler in irgendeiner Weise an der Tat beteiligt war. Man könnte es sogar zu ihren Gunsten auslegen, dass sie nichts von Ihrem Plan gewusst hat, Miss Koopmans zu ermorden, sonst hätte sie sich zur Tatzeit ganz sicher weit genug entfernt aufgehalten, um gar nicht erst in Verdacht geraten zu können.«

Der Produzent sah Louise ungläubig an. »Sie wollen

sagen, Marcia könnte damit vor Gericht durchkommen?«

Marcia lächelte triumphierend. »Tja. Schlechte Karten, Raymond.«

»Sie *könnte* damit durchkommen, ja«, antwortete Nathalie und griff nach dem Tablet, das vor ihr auf dem Tisch lag. »Dummerweise haben Sie gedacht, wenn Sie ein paarmal auf Keetjes Smartphone einschlagen, um es zu zertrümmern, sind damit auch alle gespeicherten Fotos gelöscht. Sie hätten schon die Speicherkarte herausnehmen oder das Telefon mitnehmen sollen, dann wäre uns nämlich das hier verborgen geblieben.«

Nathalie tippte auf das Tablet und startete die Diashow, die jedes Bild zehn Sekunden lang anzeigte und dann zur nächsten Aufnahme wechselte. Die Fotos zeigten Marcia bei verschiedenen Aktivitäten rund um den Zeltplatz: Marcia beim Aufbauen des Zeltes, beim Rumalbern, beim Grimassenschneiden ... Da waren Selfies von Marcia und Keetje, Landschaftsaufnahmen, Porträts der beiden Frauen, ein Foto zeigte einen Kochtopf, der mit einer Art Ragout gefüllt war.

Marcia zuckte mit den Schultern. »Ja, die Aufnahmen sind von unserer Wanderung«, sagte sie und zog verwundert die Augenbrauen zusammen. »Was sollen die beweisen?«

»Die Speicherkarte hatte bei Ihrer versuchten Zerstörungsaktion zwar einen leichten Schaden erlitten, aber ein Spezialist für solche scheinbar hoffnungslosen Fälle hat praktisch sämtliche Daten retten können, und diese Fotos stammen alle vom 13. und 14. Mai. Das Foto mit dem Kochtopf wurde am 14. Mai aufgenommen, an dem Tag, an dem Sie angeblich längst nicht mehr mit Keetje unterwegs waren. Das da in diesem Kochtopf dürfte wohl das Pilzragout mit den Giftpilzen sein. Auf keinem dieser Fotos ist Mr Campbell zu sehen, doch auf ganz vielen Aufnahmen sind Sie drauf, unter anderem auch mit dem Topf in der Hand, in dem sich das Pilzragout befindet, mit dem Sie Ihre Kollegin vergiftet haben.«

Diesmal dauerte es einige Sekunden länger, ehe Marcia die nächste Ausflucht fand, mit der sie hoffte, sich vielleicht doch noch aus der Affäre ziehen zu können. Ihr war anzusehen, dass sie sich in die Ecke gedrängt fühlte. »Sie können viel behaupten, wann diese Fotos entstanden sind. Aber was reden Sie da eigentlich dauernd von Giftpilzen? Es hieß doch, Keetje sei von einem Unbekannten erschlagen worden. Wie soll ich eine Frau, die erschlagen wurde, anschließend mit Giftpilzen umbringen?«

Ronald lächelte mitfühlend. »Ich kann verstehen, dass Sie das verwirrt, doch Sie können beruhigt sein. Miss Koopmans wurde von Ihnen vergiftet, nicht von einem Unbekannten erschlagen. Da muss wohl etwas durcheinandergeraten sein, als die Todesursache bekannt gegeben wurde. So was kann mal passieren.«

Marcias Unterlippe zitterte leicht. »Sie haben mir auch das nur weisgemacht, obwohl es nicht stimmt? Sie lügen und betrügen, Sie täuschen andere Leute! Haben Sie eigentlich gar kein Schamgefühl?«

»Marcia, hör endlich auf, das Opfer zu spielen«, fuhr Campbell sie an. »Du hast Keetje umgebracht, Punkt. Hast du eigentlich nicht zugehört? Die Polizei hat bei dir zu Hause die gleichen Giftpilze gefunden, mit denen Keetje ermordet wurde. Es ist vorbei, es ist aus. Du bist überführt – und du bist erledigt.«

Marcia saß da und starrte vor sich hin. Offenbar suchte sie immer noch nach einem Weg, wie sie sich davonstehlen konnte, ohne für den Mord belangt zu werden. Aber je länger sie überlegte, desto deutlicher musste ihr werden, dass es keinen Ausweg mehr gab. Schließlich schüttelte sie den Kopf, lehnte sich zurück und zündete sich die nächste Zigarette an.

»Warum?«, fragte Nathalie.

»Warum was?«, gab die Frau zurück.

»Warum musste Keetje Koopmans sterben? Sie waren doch an ihrer Seite so bekannt und beliebt geworden, dass Sie Ihre eigene Show bekommen sollten. Welchen Grund gab es, die Frau zu töten, der Sie das alles überhaupt erst verdankten? Sie waren auf dem besten Weg, selbst ein Star zu werden.«

Marcia zog an ihrer Zigarette, dann blies sie den Rauch in Richtung Zimmerdecke und lächelte bitter. »Ein Star, der mit ein paar Pfund nach Hause gehen würde, sollten Sie vielleicht besser sagen.« Nach einer kurzen Pause fuhr sie fort: »Ich hatte die Idee zu meiner eigenen Show und war so dumm, mit Keetje darüber zu reden. Ihr gefiel das Konzept, und als ich es ein paar Tage später Raymond vorlegte, sah er mich verwundert an und meinte, diese Show-Idee habe Keetje ihm doch bereits unterbreitet, und er sei mit dem Konzept in jeder Hinsicht einverstanden. Ich war genauso verwundert, und als ich nachfragte, bekam ich eine sehr … interessante Antwort: Keetje hatte am selben Tag, an dem ich mit ihr über meine Idee gesprochen hatte, das Ganze in Schriftform gefasst und ihrem Rechtsanwalt übergeben, damit der bezeugte, dass es ihr Konzept war. Nichts davon stammte von ihr, aber sie drehte es so, als hätte *sie mir* die Idee vorgeschlagen. Um die ›Kleinigkeiten‹ zu würdigen, die ich dazu beigesteuert hatte, und mit Blick auf unsere langjährige Zusammenarbeit bot sie großzügig an, mich mit fünfzehn Prozent an allen Gewinnen zu beteiligen, die die Show einspielen würde. Fünfzehn

Prozent Anteil an einer Idee, die zu hundert Prozent von mir gekommen war.«

»Aber Sie sind auf den Kuhhandel eingegangen. Wieso?«, wollte J.L. wissen, der verwundert den Kopf schüttelte.

»Was hätte ich denn machen sollen?«, gab Marcia zurück. »Hätte ich mich mit ihr überworfen, wäre sie mit der Idee einfach zu einem anderen Sender gegangen. Dann hätte ich zwar noch meine fünfzehn Prozent bekommen, doch ich wäre nicht mehr Teil der Show gewesen.«

Nathalie wandte sich an Campbell: »Und wieso haben Sie das so hingenommen? Hätten Sie nicht auf Keetje einwirken können?«

»Wenn man einen Unbekannten zum Star heranzieht«, antwortete er, »muss man immer damit rechnen, dass einem der Star über den Kopf wächst. Das war bei Keetje der Fall. Sie hatte sich so sehr zu einer Marke entwickelt, dass sie jederzeit zu einem anderen Sender hätte wechseln können, wenn ich darauf bestanden hätte, dass Keetje diese hinterlegten Papiere von ihrem Anwalt zurückfordert und zugibt, dass die Idee ganz allein von Marcia gekommen war. Ich konnte ja nicht einmal bezeugen, dass es so war, weil Marcia zuerst mit Keetje darüber gesprochen hatte.«

»Also haben Sie sich diese Giftlorcheln beschafft«, begann Ronald. »Von wem hatten Sie die eigentlich?«

»Dieser süße kleine Pilz kommt in Osteuropa ziemlich häufig vor«, antwortete sie. »Wenn er richtig zubereitet wird, ist er ungefährlich, müssen Sie wissen. Sie fahren einfach nach London, suchen sich einen Wochenmarkt mit einem hohen Anteil an polnischen und russischen Anbietern, und spätestens am dritten Stand werden Sie fündig.«

»Sehr interessant«, warf der Constable ein.

»Das glaube ich eher nicht. Der Pilz ist legal, er muss nur entsprechend zubereitet werden, damit sein Gift nicht wirkt.«

»Und genau das haben Sie ›vergessen‹, als Sie mit diesem Pilz Miss Koopmans umgebracht haben, um sich an ihr zu rächen«, ging Ronald dazwischen, der bereits die Handschellen bereithielt. »War es das wert, Miss Wheeler? Sie hätten immerhin fünfzehn Prozent bekommen.«

Marcia sah ihn nachdenklich an, dann verzog sie den Mund zu einem spöttischen Lächeln. »Soll ich Ihnen was sagen? In dem Moment, als sie da lag, war es das wert. Jetzt? Ich weiß nicht, ob ich das jetzt immer noch sagen kann, aber zu dem Zeitpunkt war es das wert, Constable.«

Sie ließ sich die Handschellen anlegen und von Ronald abführen. Die anderen schauten ernst drein und verließen nach und nach das Büro, wobei sie Nathalie zunickten. Es gab nichts mehr zu sagen, der Fall war gelöst. Eine Frau war ihrer Habgier wegen ermordet worden, eine andere hatte aus dem gleichen Grund ihre gesamte Zukunft verspielt.

Epilog, in dem ein nützliches Tondokument auftaucht

Gegen vier Uhr am Donnerstagnachmittag kam Louise zu Nathalie ins Büro. »Es bleibt doch dabei, oder?«, fragte sie.

Nathalie sah von dem Brief auf, den sie gerade schrieb. »Was bleibt wobei?«

»Na, dass ich die Kochsendung mache«, sagte Louise. »Ist ja nur versuchsweise, und nächste Woche bin ich schon wieder hier.«

»Ach das.« Nathalie nickte kurz. »Natürlich. Wenn Campbell das auch immer noch so will.«

»Er hat es gerade eben noch einmal bekräftigt, bevor er in seine Firma zurückgefahren ist«, erklärte sie und lächelte zufrieden.

Nathalie lehnte sich auf dem Schreibtischstuhl zurück. »Aber dir fehlt doch jetzt die Assistentin. Kommst du denn auch ohne jemanden wie Marcia zurecht?«

Louise hob abwehrend die Hände. »Von wegen. Ich habe eine Assistentin. Campbell ist auf dem Weg nach draußen mit ihr zusammengestoßen, hat sie angesehen und dann auf der Stelle engagiert.«

»Wen hat er engagiert?«, fragte Nathalie argwöhnisch. »Er macht mir doch nicht etwa noch mehr Personal abspenstig!«

»Keine Angst, Nathalie. Es ist Paige.«

»Paige Rittinghouse? Unsere Buchhändlerin?«

Louise nickte. »Er hat mit ihr gesprochen, und sie hat ihm ganz nebenbei erzählt, wie viele Kochbücher sie im Angebot hat und wie gut sie sich in diesem Bereich auskennt. Offenbar hat das auf ihn einen solchen Eindruck gemacht, dass er sie unbedingt als meine Assistentin verpflichten wollte.«

»Das ist ja wirklich ein gelungener Streich«, sagte Nathalie. »Wann machst du dich wieder auf den Weg?«

»In ein oder zwei Stunden. Martin ist in seiner Kanzlei, um noch ein paar Dinge zu erledigen, danach geht es zurück nach Zeeland ins Studio.«

»Martin begleitet dich auch dieses Mal?«, hakte Nathalie mit einem Augenzwinkern nach.

»Natürlich.« Louise grinste sie an. »Er muss ja noch den Wagen seines Mandanten vom Flugplatz in Den Haag abholen.«

Nathalie nickte amüsiert. »Dann viel Spaß, euch beiden. Und viel Erfolg mit den Dreharbeiten!«

»Danke, Nathalie. Ist ja nur ein Versuch, wie du weißt.«

Nathalie sah ihre Köchin forschend an. »Was ist nur ein Versuch? Die Sache mit Martin oder die Kochshow?«

»Sag ich dir, wenn ich weiß, wie es ausgegangen ist«, entgegnete Louise und ging zur Tür. »Ach ja, da draußen wartet noch jemand, der zu dir möchte.«

»Schick ihn rein!«

Louise verließ das Büro, und wenig später trat ein Mann ein. »Guten Tag, Miss Ames.«

»Mr Prescott, guten Tag«, erwiderte sie. »Ich hoffe, dass Sie nicht hergekommen sind, um mir wieder mal eine Hiobsbotschaft zu überbringen, die die Existenz meines Landmarkts in Gefahr bringt.«

Hastig schüttelte der Elektriker den Kopf. »Nein, ich bin hier, um Ihnen etwas zu geben.«

»Nehmen Sie doch Platz, Mr Prescott«, bat sie ihn und wies auf den Stuhl vor dem Schreibtisch. »Was haben Sie denn für mich?«

»Nun, wissen Sie, Miss Ames«, begann er, während er sich hinsetzte. »Ich habe vor ein paar Tagen an einer unserer Baustellen gestanden und mir angesehen, was noch zu tun ist. Weil es mir zu lästig ist, alles aufzuschreiben, und weil ich meine Handschrift später meistens nicht mehr entziffern kann, diktiere ich das alles in mein Handy. Das macht es viel einfacher.«

Nathalie nickte. »Verstehe. Und?«

»Na ja, ich stehe also so da und rede vor mich hin, als auf einmal ein Wagen hinter mir anhält. Ich will mich umdrehen, aber da werde ich von hinten gepackt und auf die Rückbank gezerrt. Tja, und wissen Sie, neben wem ich mich da auf einmal wiederfinde?«

Sie schüttelte den Kopf. »Ich wüsste nicht mal, wo ich anfangen sollte zu raten.«

»Ich werde es Ihnen sagen: neben Sir Alfred Battersfield.«

Nathalie verzog erstaunt das Gesicht. »Battersfield? Was wollte er denn von Ihnen? Und wieso eine solche … Aktion?«

»Sehen Sie, ich halte das Handy nicht fest, wenn ich diktiere«, fuhr er fort, ohne auf ihre Frage einzugehen.

»Ich stecke es stattdessen mit dem Mikro nach oben in die Hemdtasche, weil ich dann die Hände frei habe.« Er sah sie abwartend an.

»Was … oh, das Gerät hat weiter aufgenommen, während Battersfield mit Ihnen geredet hat?«

Prescott nickte und legte einen USB-Stick vor sie auf die Tischplatte, ohne ein Wort zu sagen. Nathalie schob den Stick in ihren Laptop und sah, dass sich automatisch das Fenster der Medienwiedergabe öffnete. Die Aufnahme wurde abgespielt; man hörte die Stimme des Elektrikers.

»Spulen Sie vor bis auf zwei Minuten zwanzig«, sagte er da.

Nathalie verschob das Wiedergabesymbol, dann dröhnte Battersfields Stimme aus dem Lautsprecher: *»Sind Sie eigentlich noch bei Verstand, Prescott? Ich habe Ihnen gesagt, Sie sollten verhindern, dass dieser verdammte Supermarkt für dämliche Bauern überhaupt aufmacht! Stattdessen helfen Sie auch noch bei der Eröffnung mit! Sie sind erledigt, Prescott. Ich werde Sie fertigmachen. Irgendwann, wenn Sie meine Worte längst wieder vergessen haben, werde ich ein paar Leute anrufen, und dann steht Ihre Firma in Flammen. Oder Ihre Wagen brennen aus. Oder … wie wäre das? Ihre Tochter verschwindet spurlos.«*

»Nein, das dürfen Sie nicht machen, Sir Alfred«, hörte Nathalie den Elektriker flehen.

»Was ich darf oder nicht darf, entscheide ganz allein ich, Prescott«, herrschte Battersfield den Mann an. *»Ihre Unfähigkeit, meine Anweisungen zu befolgen, kostet mich jetzt schon ein Vermögen, und es wird mich noch viel mehr kosten. Und das mag ich nicht, Prescott. Das mag ich überhaupt nicht! Sie sind ein toter Mann, Prescott, und dem ganzen Gesindel, das Sie als Ihre Familie bezeichnen, wird es nicht besser ergehen. Und jetzt raus mit Ihnen! Verschwinden Sie!«*

Türenschlagen und ein aufheulender Motor waren noch zu hören, dann endete die Aufnahme.

»Das ist …«, begann Nathalie. »Für wen hält sich dieser Mann eigentlich? Es wird Zeit, seinem Treiben ein Ende zu setzen.«

»Können Sie das?«, fragte Prescott. »Ich weiß, ich hätte Ihren Landmarkt gar nicht erst unter Wasser setzen dürfen, und das mit dem Verteilerkasten war auch falsch. Aber Sie haben ihn ja gehört, Miss Ames. Ich weiß nicht, wie ich mich gegen ihn zur Wehr setzen soll. Ich brauche die öffentlichen Aufträge, sonst kann ich meinen Betrieb schließen.«

Sie nickte verstehend. »Es ist gut, dass Sie mir das überlassen. Es ist durchaus möglich, dass die Ära Battersfield schon bald endet, und das hier dürfte ganz entscheidend dazu beitragen. Danke, Mr Prescott!«

Der Mann erhob sich, verabschiedete sich mit Handschlag und verließ ihr Büro, während Nathalie noch ein paarmal die Aufnahme abspielte.

Zufrieden lächelnd saß sie da und hielt den USB-Stick in der Hand, als auf einmal Fred hereinkam, um den Schreibtisch herumging und ihr einen zärtlichen Kuss gab.

»Wie war dein Tag?«, fragte er.

»Bestens, Fred«, antwortete sie strahlend. »Besser hätte er gar nicht verlaufen können.«

ENDE

Lesejury